KB037544

서른이면
제법
근사할 줄
알았어

서른이면 제법 근사할 줄 알았어

초판 1쇄 발행   2024년 07월 10일

글쓴이   정하연

펴낸이   김왕기
편집부   원선화, 김한솔
디자인   푸른영토 디자인실

펴낸곳   **푸른문학**
              주소   경기도 고양시 일산동구 장항동 865 코오롱레이크폴리스1차 A동 908호
              전화   (대표)031-925-2327, 070-7477-0386~9 · 팩스 | 031-925-2328
              등록번호   제396-2013-000070호
              홈페이지   www.blueterritory.com
              전자우편   book@blueterritory.com

ISBN 979-11-987087-4-8   03810
ⓒ정하연, 2024

푸른문학은 푸른영토의 임프린트 입니다.

서른이면
제법
근사할 줄
알았어

정하연 글

푸른문학

매일 아침 지친 몸을 일으켜 세웁니다. 눈은 떴는데 몸은 일으
켜 세우기가 쉽지 않습니다. 침대에서 버틸 수 있을 만큼 버텨
봅니다. 샤워를 하니 비로소 정신이 듭니다.

무엇을 위해 이토록 애쓰고 있을까. 생각할 겨를도 없이 하루
하루가 흘러갑니다. 오늘이 어떻게 흘렀는지 기억이 나질 않
습니다. 새해 결심은 어디로 간 건지, 무엇이었는지조차 기억
이 나질 않습니다. 그러다 문득 지는 해를 바라볼 여유가 생긴
어느 날입니다.

'나, 행복한 거 맞나?'

그 질문은 잔잔한 호수 같았던 일상에 던진 돌과 같았습니다. 이토록 나에 대해 신중해 본 건 처음인 것 같습니다. 질문을 던져봅니다. 처음 물음표가 떠올랐던 그날은 잊은지 오래입니다. 마구 돌을 던집니다. 물수제비를 내기라도 하 듯 답을 찾기 위해 바쁩니다.

수도 없이 던진 질문의 돌은 곧바로 물에 풍덩 빠지기도, 제법 멀리 가기도 합니다.

스스로를 불행하다 가엽게 여겼던 제가 책을 만나 조금 성장해갔습니다.

내 안에 있는 행복을 찾지 못하고 남과 비교, 원망, 핑계로 오늘을 소중히 여기지 못하고 낭비하고 있음을 깨닫고, 설령 아무렇게나 되는대로 보낸 듯 느껴진 순간조차 삶의 자양분임을 자연스럽게 느끼며 '나도 할 수 있어'라는 용기가 생겼습니다.

이 이야기는 슬픈 이야기가 아닙니다. 아주 평범한 어떤 한 사람의 이야기입니다. 불행했던 유년 시절, 부정적이었던 과거, 꾸준하지 못했던 여러 시도, 실패들을 모았습니다. 제 이야기가 작은 휴식이 되었으면, 위로가 되었으면, 나아가 행복이 되었으면 좋겠습니다.

비록 모났던 하루였을지라도
지나온 것들이 쓸모없는 날은 없었다고.
오늘의 눈물이 내일 빛나는 무지개가 될 수 있기를.

치열한 나만의 발버둥이 오늘이 행복한 내가 되고 내 안에 있
는 행복을 열어주는 책이 되기를 바랍니다.

차례

1장 삐빅, 경로를 이탈했습니다

2장 경로를 재 탐색합니다

3장 잠시 멈춤, 비상등 켜고!

4장 헤매는 게 삶이야. 돌아가도 괜찮아

5장 드디어 목적지에 도착했습니다

삐익, 경로를 이탈했습니다

1

서른이면 제법 근사할 줄 알았어

이제 막 여덟 살 새내기.

고모가 선물해주신 가방은 컸고 언덕은 가팔랐다. 그 무렵 삼십은 머나먼 숫자에 불과했다. 군인을 보고 '국군 장병 아저씨'라 부르던 나이니 서른은 머나먼 아줌마, 아저씨였다.

외모로 사람을 구분했다. 머리가 하야면 할머니, 나보다 키가 크면 언니, 단발머리면 중고등학생, 길면 대학생.

단발머리 언니를 제외하고 통칭 그들을 '어른'이라 불렀다.

어린 시절, 어른은 이렇게 정의했다.

마.음.대.로. 할.수.있.음.

그때는 왜 그리도 '빨리 어른이 되고 싶다~'라고 생각 했을까.
엄마 말씀을 듣지 않아도 되고 내 뜻대로 할 수 있는 '어른의
삶'은 좋아 보였다. 나도 어른이 되면 하고 싶은 게임도 마음껏
하고, 놀고 싶은 것도, 갖고 싶은 것도, 마음대로 할 수 있을 줄
알았다.

스물.
기다리던 어른이 되었다. 술을 마실 수 있는 나이가 되었다는
것 말고는 크게 달라지는 건 없었다.
대학생 신분 최대 숙명인 공부를 제대로 해내지 못했으니, 적
성은 고사하고 성적조차 맞추지 않고 될 대로 되란 심보로 선
택했던 전공은 재미있을 리 없었다.
꿈꿔왔던 '마음대로'는 존재하지 않았다. 원하는 것을 위해선
돈이 필요했다. 당장 돈부터 벌었다. 그렇게 애써 마련한 돈으
로 꿈꿔왔던 '마음대로'는 커녕 생활비와 학비에 보탰다. 그러
고도 모자란 돈은 학자금 대출로 충당했다.

'그래 맞아, 어쩌면 내가 생각했던 어른은 사실 이즈음이 아닐 거야.'

철도 씹어 먹을 나이라던 겁 없는 20대. 나에겐 늘 돈 벌기가 1순위였다. 언젠가 있을 자유를 위해. 그러나 돈은 마음처럼 쉽사리 늘어나지 않았다. 어린 시절부터 찾아 헤맨 '마음대로' 하는 어른의 삶은 어쩌면 '돈'이 아니라 '안정감에서 나오는 게 아닐까?'라는 생각으로 믿음을 옮겼다.

대망의 서른이 되었다.

이 나이가 되면 이제는 마음대로 할 수 있는 근사한 어른이 되어 있을 줄 알았다.

어린 시절 상상처럼 서른은 집도 있고 차도 있는(도대체 왜 이게 근사할 삶이라고 상상했는지는 도무지 모르겠다.) 진짜 어른. 현실은 꼬마의 환상이라는 걸 진작에 알고 있었다. 인정하지 않고 외면하며 달렸다. 그렇지 않으면 녹록지 않은 삶이 가엽기에.

근사함과 정반대 어딘가였다. 거울 앞엔 가는 20대가 아쉬워 부여잡고 진상짓을 퍼부어대는 주정뱅이가 서있었다. 헛헛한 마음을 명품 가방으로 달랬다. 이럴 땐 참 실행력도 좋지. 조금이라도 돈을 아껴보겠다고 교환한 상품권을 곱게 가방에 포개어 넣고 백화점 일층에 입성했다. 큰 결심을 하고 들어선 곳이었건만 내가 쥐어 든 상품권 한 뭉치는 알량했다.

진열대에 있는 대부분은 손에 닿지 않았다. 지갑과 휴대폰이 들어가면 끝인 작은 가방조차 상품권 10장으론 부족했다. 고민 끝에 서른 맞이 선물을 골랐다. 부족한 차액은 카드로 결제했다.

상자는 가방 크기보다 3배는 크게 느껴졌다. 커다랬던 상자는 마치 이 정도 사치는 누려야 마땅하다는 허영 가득한 내 마음을 대변하는 듯했다. 비록 몇 달 허리띠를 졸라매야 하지만 곧 있을 서른이 부릴 수 있는 최고의 사치는 그간 쌓인 설움을 잠시 달래주었다.

달력 한 장이 넘어가, 시계 초침이 멈추지 않아, 제야의 종이 울려, 그렇게 나이의 앞자리가 2에서 3으로 바뀌었을 뿐 나라는 정체성이 바뀌진 않았다.

매일 하루살이처럼 회사, 집, 회사, 집, 어린 시절 꿈꿔온 '근사한 어른의 삶'은 잊은지 오래다. 그냥 오늘 하루 잘 버텨내었다, 술 한 잔 기울이며 서로를 위로하고 취해 잠들었다. 남은 건 좀 더 건강이 나빠지고 노화하고 있는 육체다.

10대 때 엄마 말씀대로 공부를 더 열심히 해서, 그래서 좋은 대학에 갔더라면 달라졌을까? 20대 때 학업을 뒤로 재치고 돈벌이에 치중하지 않았다면, 그래서 좋은 곳에 취직할 수 있었더라면 달라졌을까?

이미 지나간 과거에 대해 질문을 해본들 무엇 할까. 돌이킬 수 없는 과거 따윈 접어 두고 현재에 집중하기로 했다.

느지막이 책을 집어 들었다.
타인의 삶을 통해 아련한 깨달음을 얻는다. 책은 이야기한다. 그것을 빠르게 내 것으로 만든다면 발전할 수 있다고. 따라가지 못할 정도로 멀게 느껴지는 성공담보다는 "어? 쟤도 했는데?"라는 가벼운 성공담이 실천 확률을 높인다는 이야기도.

우리는 대부분 반복된 경험에서 '나는 할 수 없어'라고 스스로를 재단하는 법을 배운다. 그리고 뒤돌아 또 다른 길에 성공이 있을까 기웃 거린다. 얼마 못 가 역시 이 길이 아닌가 싶어 기웃거림을 반복을 한다.

성공한 삶은 어떤 삶일까? 해석은 저마다 다르지만 행복한 날이 많다면 성공한 삶이 아닐까.

시도를 담았다.
좋아하는 것이 뭔지 몰라 부단히 헤매었고 헤매고 있는 여정.

언니가 해봤는데 말이지.
서른이면 제법 근사할 줄 알았어.
그런데 아니더라. 똑~같아.

나는 불가능한 상상을 즐기지 않는다. 그럼에도 불구하고 스무 살쯤 과거로 돌아갈 수 있다면 해주고 싶은 이야기가 하나 있다.

"똑같은 일을 반복하면서 다른 결과를 기대하는 것은 미친 짓이다."

자퇴 희망자

나의 연진이들은 드라마 〈더 글로리〉에 비하면 천사였다.

평범하게 무리를 지어 놀던 초등학생 시절. 초등학교 4~5학년
그즈음이었을까. 반에 전학생이 왔다. 집도 가깝겠다, 금세 친
하게 지냈다.
그런데, 어디서부터 잘못된 걸까.
전학생과 친하게 지낸다는 이유로 따돌림을 당했다. 신체적인
폭력은 없었지만 나를 비롯해 그녀에게 다정했던 두어 명의
친구 모두 유령이 되어 있었다.

새로운 친구에게 상냥한 게 죄였을까? 아니면 그 친구가 도시에서 온 게 문제였을까?

몇 번을 곱씹어 봐도 잘못은 없었다. 혼란스러운 우리 무리와 달리 정작 그녀는 익숙한 듯 보였다. 아버지 직장 때문에 전학이 잦았다고 했는데 매번 그랬던 건진 알 수 없었다. '혼자'가 익숙한지 곧 우리들과도 멀어졌다. 열 살 남짓 소녀가 '혼자'가 좋을 리 없다. 그녀가 우리를 위해 배려했던걸까, 따돌림이 두려웠던 우리가 도망친 걸까.
시간은 흘러 한 계절이 바뀌었다. 그녀는 다시 전학을 갔다. 짧지만 강렬했던 나의 첫 따돌림 생활은 끝이 났다.

두 번째 연진이도 직접적인 신체적 가해는 없었다.
시간이 흘러 따돌림의 고통은 잊혀졌고 고등학생이 되었다. 그 때와 마찬가지로 정확한 이유는 여전히 모르겠다. 추측건대 남녀공학에서 연애를 시작한 게 잘못이었다. 연애라고 하기도 우스웠던 짧은 연애 종결과 함께 나는 없는 사람이 돼야 했었다. 그냥 반에 한 명쯤 있는 재수 없는 아이 역할을 할 조연에 발탁된 걸지도 모르겠다. 조금 튀었던 내 목소리가 누군가의 심기를 건드린 것 같기도 했다. 아니면 나라는 사람의 모든 게 별로였을지도 모르겠다.

잘못 꿴 첫 단추에 모든 게 내 잘못 같았다. 직접 이유를 들은 적이 없으니 그저 내 탓이라고 스스로를 납득 시켰다. 지금은 혼밥이 뭐야, 혼술도 가능하지만 그때의 혼밥 생활은 지옥이었다.

"선생님 저 학교 그만 다니고 싶어요."
겨우 용기 내서 말씀드렸다. 처음엔 나의 말을 들어주는 듯했다. 이어진 면담에선
"네가 하고 싶다면 해야지. 그런데 네가 그만두면 너는 내가 포기하는 첫 제자다?"
정확한 워딩은 기억이 나지 않지만 나 좀 살아보겠다는 절실한 외침이었는데 선생님은 무심한 듯했다. 친구들끼리 그럴 수도 있지, 내 속내가 어떤지는 관심이 없는 듯 보였다. 아무럼 어때. 그때의 나는 어렸고 그 말에 설득이 되었다.

이후 반장이라는 친구가 내 행동 개선점을 언급해줬다. 선생

님이 반장을 불러 무언가를 하긴 한 모양이다. 이것은 낙인이다. 그러나 어떤 점이 친구들을 불쾌하게 했는지는 말해주지 않았다. 그저 이렇게 행동하면 친구들과 어울릴 수 있을 거라는 도움 되지 않는 말뿐이었다.

여전히 유령 취급하는 무리들도 있었지만 몇몇은 사람 취급은 해주었다. 유령에서 반 사람으로 업그레이드되었으니 조금은 숨통이 트였다. 버팀목이 되어 주는 친구도 생겼다. 대단히 친한 사이는 아니었지만 함께 밥을 먹고 산책을 하고 줄넘기를 했다. 덕분에 나는 3년 버티고 무사히 졸업이란 걸 할 수 있었다. 지금은 어떻게 사는지 소식조차 모르지만 언젠가 연이 닿는다면 고맙다는 인사를 전하고 싶다.

그리고 시간을 돌릴 수 있다면 초등학생인 어린 그녀에게 함께 싸워주지 못하고 좀 더 다정하지 못했음에, 그렇게 다시 전학을 가고야 말았음에, "끝까지 함께 하지 못해서 미안해"라고 말하고 싶다.

또 고등학생 시절 연진이에게도 묻고 싶다.
"내 어떤 점이 그렇게 재수가 없었어? 말 해줬다면 고치려고 노력했을 텐데…. "

아니다. 그들은 연진이가 아니다.

나는 직접 적인 가해를 받은 적이 없다.

그냥 모두가 방관자들이었다.

연진이 역할에 캐스팅된 사람은 없었다.

고로 물어볼 사람이 없다.

나란 사람은 학교에 적응하지 못하는 '자퇴 희망자'였다.

시린발, 하얀입김

밀린 공과금을 고민하는 게 가난일까?
기대되지 않는 내일이 가난일까?

밀린 공과금 걱정하는 날도, 내일이 기대되지 않는 날도 있었
다. 보이지 않는 계급 속, 우리는 대기업 입사를 '대감 집 노비'
라고 비유하기도 한다. 어린친구들은 "너네 집은 몇 평이야?"
를 묻기도 한단다. 굳이 따지면 나는 가난한 계급이었다.

몇 해 전 눈에 보이지 않는 빈부를 수저 색으로 표현하는 '수저

계급론'이 인기였다. 금도끼, 은도끼처럼 금, 은, 동 아니 흙이 전부인 줄 알았는데 금수저 위에 다이아몬드 수저와 플라티늄 수저도 있었다. 여하튼 가난한 가정에서 태어나는 걸 '흙수저를 물고 태어났다' 표현했다.

누가 만들었는지 모를 꼬리표를 보며 어디쯤 있나 살펴보곤 쓴웃음을 짓는다. 비관을 하겠다는 건지 위로를 받겠다는 건지 하나하나 읽게 만드는 수저 세계.

내가 대학교 3학년 때, 부모님은 법적으로 가족 관계를 끝냈다. 엄마는 빚과 함께 나와 동생들을 데리고 나왔다. 이사를 어떻게 했는진 기억나지 않지만 옅은 두려움과 함께 안도감은 뇌리에 남아있다.

그렇게 살게 된 집은 네 식구가 이불을 깔고 누우면 방이 가득 찰 만큼 작았다. 이불 밖으로 발이 나온 날엔 찬바람에 귀신이라도 있는 것 같아 발가락 끝에 힘을 주어 이불을 사수했다.

그래도 새 보금자리는 드라마처럼 지하 단칸방은 아니었다. 화장실로 보이는 곳 문을 열면 변기만 하나 달랑 있긴 했지만 손은 싱크대에서 씻으면 그만이었다. 싱크대 옆에는 작은 공간이 있었다. 세탁기가 떡하니 자리를 차지해 비좁긴 했지만 한 명 정도는 들어가 씻을 수 있는 공간도 있었다. 우리는 변기가 있는 곳을 '화장실'이라고 불렀고 세탁기가 있는 그곳을 '씻는 곳'이라고 불렀다. 씻는 곳엔 문이 없어 커튼을 달았다. 아무리 가족이라지만 씻을 때마다 알몸 생중계를 할 순 없으니 말이다.

적응하니 그럭저럭 지낼 만했다. 서로의 눈을 위해 만든 간이 커튼은 겨울이 되니 본래 용도인 '가림' 이상이 필요했다. 베란다와 다름없는 공간에 외기를 막아줄 문이 없으니 창밖 찬 공기가 그대로 들어와 온 집안을 맴돌았다. 커튼에 비닐 덧대니 그제야 실내에 온기가 돌았다.

꾸밈이 한창일 20대이거늘 매일이 고난이었다. 커튼을 걷으면 한기가 휘몰아쳤다. 씻기 위해선 꽤나 비장한 마음이 필요했다.

겨울에는 어김없이 하얀 입김이 함께했다. 원래도 추운 건 질색이었지만 이 무렵부터 본격적으로 겨울을 싫어했던 것 같다. 외출이 없는 날에는 방구석 꼬질이를 자처했다. 그래도 물은 따뜻했고 감은 머리칼이 금세 얼진 않았으니 감사할 따름이었다.

다음 집 화장실은 세면대, 변기, 세탁기가 함께 하고도 공간이 남는 넓은 곳이었다. 달랐던 점은 창문 밖으로 파란 하늘 대신 상하좌우 온통 회색빛 시멘트 바닥 풍경이었다. 하지만 나는 이 집이 마음에 들었다. 지상에서 반! 만큼 내려왔을 뿐인데 집이 넓고 쾌적하니 말이다.

이곳도 화장실은 조금 춥긴 했지만 '하얀 입김 집'에 비하면 지상낙원이었다. 다 같이 누워도 한 바퀴 구르고도 공간이 남을 만큼 방도 넓었다. 그러나 그 집에서 느낀 안락함은 생각보다 오래가진 못했다. 장마철을 겪고 나서야 수많은 장점에도 반지하 집의 한계를 느끼고 빠르게 또 다음 집으로 이사를 했고, 그 이후 엔 여차저차 집을 도망쳐 나와 살다가 빠르게 결혼을 했다.

출처와 시작은 알 수 없는 수저 계급론에 따르면 나는 '흙수저'였다. 당장 좀 돈이 없어 '불편'은 했지만 스스로 '흙수저'라 생각해 본 적은 없었다. 그 불편함 덕분에 게으른 기질을 조금이나마 '부지런함'으로 채 울 수 있었기 때문이다.

직장인이 되고 좀 먹고 살 만해졌을 무렵 대학 동기와 우연히 연락이 닿았다. 만남은 빨랐다. 그는 우리 동네까지 찾아와서 밥을 샀다.

"그때 넌 참 바빴어. 친해지고 싶었는데 항상 없더라. 참 생활력 강한 친구구나 했지."

그는 내가 어떻게 살고 있는지 궁금했던 모양이다. 남의 입에서 저런 말을 들으니 20대의 나 참 애썼다, 잘했다, 칭찬해 주고 싶었다.

'진정한 가난은 물질적 가난이 아니라 정신적 가난이다.'

엄마는 어린 시절 편지를 써주시곤 했다. 내용은 잘 기억나지 않지만 매일 책상 위로 배달 온 편지엔 돈으로 살 수 없는 사랑이 담겨 있었다. 엄마는 정신이 가난한 사람이 진짜 가난한 사람이라고 했다. 사춘기 시절 즈음에 그 말은 돈 없는 나 같은 사람들을 위한 정신승리라고 생각했다.

그 말이 이해되기 시작한 건 물질적 가난 뿐만 아니라 정신마저 가난했구나를 인지하고서였다. 부(富)에 기준이 없듯 가난에도 기준이 없다. 가난이 싫다고 돈, 돈 거리던 나는 결승선 없는 마라톤에 끝없이 가난한 사람이었다.

돈이 없으면 물질은 채울 수가 없다. 그러나 사랑을 채우는 데는 돈이 필요하지 않다. 늘 가난하게 만드는 탐욕을 내려놓기로 했다. 정신마저 가난해져 부정적으로 보낸 하루를 되돌아보고 이제라도 정신만은 가난해지진 않으려 노력했다.

이제 더 이상 씻을 때 하얀 입김이 나오지 않는다. 발끝이 시려 발밑으로 이불을 애써 돌돌 말지 않아도 된다. 물질적 가난은 시간이 해결해 준다. 그러니 현실을 비관하진 말 것.

탓하는 삶, 행복 약탈자

"30-40대까지 이룬 게 없다면 누구의 탓도 할 수 없습니다. 당신 책임입니다."

알리바바 초대 회장인 마윈은 이렇게 말했다.
'이룸'은 뭘까? '기대'가 낮은 삶으로 이룸을 다 했다면 책임을 다하며 산 것일까?
이 말은 듣고는 20대를 헛되이 살진 않았는데, '이룬 게' 없는 내 삶이 죄인같이 느껴졌다. 적당한 타협이 문제일까? 열심히 살지 않음은 내 탓이니 업보려나?

객관적인 사회적 평가는 가혹했다. '딴에 열심'은 책임감 없는 사람을 만든다.

"아 짜증나."
아침부터 되는 일이 하나도 없네. 늦잠 잔 것도 아닌데 벌써 시계는 7시 반을 가리켰다. 오늘은 하필 빨래 해둔 양말짝을 맞추는 데 시간을 많이 써버렸다.
운도 없지, 엘리베이터가 방금 아래층으로 출발했다. 일층을 찍고 올라오는 엘리베이터를 기다리는 동안 센서 등이 꺼져 어두운 통로를 멍하니 서 있다. 일분일초가 소중한 아침 시간에 5분 씩이나 낭비해 버린 것 같다. 날려버린 시간을 조금이라도 아껴야 한다.

횡단보도라도 빨리 건너기 위해 숨이 찰 때까지 뛴다. 저 앞에 초록불이 깜빡인다. 애당초 뛴다고 건널 수 없는 거리임은 알고 있지만 전력 질주를 시작한다. 깜빡이던 초록불은 빨간불로 바뀌었다. 헉헉거리며 심장이 튀어나올 듯 차오른 숨을 가다듬는다.

에이 그냥 뛰지 말걸. 하는 생각과 동시에 길건너엔 타려던 버스가 지나간다.

회사에 도착했다. 지각은 면했지만 오늘은 편의점도 못 들리고 사무실에 도착한 것부터 못마땅하다. 그렇게 짜증으로 시작되는 하루.
나의 엉망인 기분은 짝 맞는 양말이 없었던 것과 엘리베이터가 먼저 떠난 탓이다.

회사 안에선 그냥 걷기로 마음먹으며 비축해둔 에너지로 최선을 다하는 부품이 된다. 몸은 자극으로 부풀어오른 복어지만 손놀림만큼은 프로다. 그와 별개로 머릿속은 자꾸 잡념이 떠다닌다. 저녁때 '어떤 안주와 소주를 마실까?'란 생각으로 명상을 시도한다. 인간은 본래 멀티플레이어가 안된다는데 이렇게라도 하지 않으면 오늘이 더 엉망이 되어버릴 것만 같다.

평온하게 이완된 마음으로 소주를 그립니다.
잔잔한 호숫가를 상상하며 가만히 집중해 봅니다.
조각배 하나가 나를 향해 옵니다.

배 안에는 영롱한 초록 병이 타고 있습니다.

손을 뻗어 병을 잡아 봅니다.

뚜껑을 열어 병을 기울여 봅니다.

꼴꼴과 쫄쫄 어느 중간 즈음 소리에 잠시 귀를 기울여 봅니다.

소주 명상이라니, 명상가 선생님들께서 들으시면 기겁을 할 일이다. 참으로 실례고 죄송스럽지만 스트레스 좀 줄여보고 그래도 좀 살아보겠다고 고안해 낸 나만의 명상법이다.

(안타깝게도 이제는 상상 만으로도 위가 아파 이마저도 역사 속으로 사라졌다.)

저녁이 되었다. 뛰어서 버스를 타진 않아도 되지만 배차 간격이 띌지 말지를 고민케 한다. 앞선 고민과 발걸음에 상관없이 정류장에 도착했다. 다음 버스가 도착하려면 10분 넘게 남았다. 멍하니 보내는 시간이 아쉽다.

버스에 몸을 싣고 이어폰으로 귀를 틀어막은 채 음악을 들을지, 책을 읽을지 고민해 본다. 그 고민도 잠시, 배달 앱을 빠르게 검색한다. 내려선 편의점이 들러 아까 명상했던 초록 병을 만난다.

사실 지나고 생각해 보니 그렇게 엉망인 하루는 아니었다. 양말짝은 미리 잘 챙겨뒀으면 되었던 것이고 엘리베이터가 바로 전층에서 내려가고 있는 건 오늘만의 일은 아니었다. '내 탓이 아니야!'라는 소리 없는 외침이 그렇게 오늘 기분을 망쳐버린 것이다. 별것도 아닌 일로 말이다. 나아진 줄 알았던 '툭하면 남 탓' 방어기제가 발동한 것이다.

어릴 땐 좀 더 심각했다. 나는 잘났는데, 재능이 있는데, 집안 형편이 좋지 않아서 밀어줄 능력이 없다고, 그래서 내가 이 모양이라고 긴 시간 생각했다.

루저 외톨이 센 척 하는 겁쟁이가 나였다. 주변에 친구들이 모여드는 친구가 부러웠고 그에 반해 나는 늘 의기소침했다. 어차피 인생은 혼자고 혼자인 것도 편했고 그렇게 스스로를 끌어내리며 '못남'을 안줏거리 삼아 씹어 댔다. 제대로 노력해 본 적도 없으면서 해보지도 않은 채.

시비를 걸게 만드는 마윈의 말을 다시 올려다본다. 괜한 열등 감으로 문장이 틀렸다고 스스로 정당화하려 하지 않았는가.

사실 알고 있다. 오늘의 나는 과거의 내가 모아 만든 결과라는 것을. 네 탓 내 탓이 문제가 아니고, 이룬 게 있고 없고 문제가 아니라 욕심 허들의 탓에 오늘을 소중히 여기지 않았고 감사를 잊었음을.

탓하는 삶은 잠깐 불편한 감정과 스트레스를 외면할 수 있다. 그러나 외면한 감정은 쌓이고 쌓여 언젠가 부메랑이 되어 돌아온다. 그러니 괜한 탓하는 마음으로 스스로를 괴롭히지 말자. 탓하는 마음가짐은 행복을 약탈하며 비겁한 마음의 좀 도둑일 뿐이다.

탓함을 내려놓자.
내 탓이 아니다.
누구의 탓도 아니다.
인생이 처음이라서, 오늘이 처음이라서 그냥 잘 몰랐던 것뿐이다.
지금 이룬 게 없어 보여도 하루하루 열심히 산 나에게 탓하는 마음으로 마음의 지옥을 만들지 말자.

실패가 두려워 불행을 선택했다

나는 내가 틀리는 걸 극도로 싫어하는걸 넘어서 두려워하는 사람이라는 걸 서른이 넘어서 알았다.

많은 '시작'과 '시도'는 했지만 끝은 늘 흐지부지였다. 화초를 키울 때도 그랬다. 봄이 왔음을 참지 못하고 화분과 꽃을 샀다. 처음엔 애정을 듬뿍 쏟는다. 얼마 못가 내 사랑이 줄어든 만큼 꽃은 아팠다. '실내에서 키우는 건 역시 무리였던 걸 거야.' 그렇게 변명하는 동안 꽃은 생을 다하고 말았다.

다시는 사지 않으리 생각했지만 똑같은 실수를 반복한다. 이듬해 이번에는 '진짜! 잘 키워 보겠다'고 다짐한다. 그것을 서너 해를 반복하고 나서야 나는 더 이상 꽃과 화분을 사지 않는다.

처음, 시작, 새로운 배움은 늘 재밌다.
몇 번을 반복하니 익숙해졌다.
멈춘 듯 눈에 보이지 않는 성장에 게으름 버튼이 발동했다.
한 번이 어렵지 두 번은 쉬웠다.
나의 부족함으로 죽음에 이르게 한 꽃처럼.
무엇을 시작해도 마찬가지였다.
목적의식 없는 배움은 시작은 창대하지만 끝은 미약했다.
그것 중 진정 내 것이 된 게 있긴 할까.

진짜 지식은 남에게 설명할 수 있는 지식이라고 한다. 나는 '가짜 지식 수집가'였다. 남들보다 조금 더 알고 있는 듯한 지적이지도, 넓지도 않은 얇은 지식. 얇게 손질된 가짜 지식을 알아봐 주면 어깨가 으쓱했다. 의기소침한 사회생활을 포장하기 알맞았다.

사지선다형 평가에 익숙해져 버린 탓일까. 아닌 것을 지우고 적당히 헷갈리는 것 중 하나를 찍어 맞추면 아는 줄 알았다. 그렇게 내가 아는 게 맞는지 아닌지도 모른 채 어른이 되었다.

내 세상은 오답투성이였다. 시험은 차라리 객관화할 수 있기라도 했지만 이제는 그마저도 없으니 어디쯤 가고 있는지 전혀 알 수가 없었다. 이따금 치는 토익 시험으로 얼마나 엉망인지 성찰하곤 했다. 토익 필수 인문대학이었다면 학사 졸업이 아닌 수료를 할 뻔했다. 공과대학이었던 게 천만다행이다.

'학교를 졸업하면 직장인이 되는 게 순서겠지?'
뭔가 아쉬운 마음에 워킹홀리데이를 알아봤다. 남들 다가는 호주는 다녀왔단 이유로 선택지에서 지웠다. 선착순이라던 캐나다 워킹홀리데이에 지원을 했다. 당연히 될 줄 알았는데, 혼자 준비했던 서류는 뭐가 잘못 되었나보다. 이유도 모른 채 떨어졌다. 그냥 인연이 아닌가 보다 했다.

직장인이 될 차례가 되었다. 이유도 모르고 떨어진 워킹홀리데이와 다르게 한 것도 없이 합격이었다. 나의 첫 취업은 헬스장에서 아르바이트로 시작되었는데, 날 몇 번이나 보셨을까?
처음 보는 아주머니가 나에게 말을 걸었다.

"아가씨~ 몇 살이야? 학생이야?"

모르는 사람과 대화를 섞는 게 영 어려웠지만 억지로 입꼬리
를 올려 대답했다. 최근 시작한 입꼬리 운동이 효과가 있었던
건지 그 아주머니는 대뜸 취업 주선을 해주었다. 그렇게 나는
제조업체 생산관리 사무직으로 첫 취업을 했다. 이후 이직도
소개로 이루어졌다.

누군가는 부러워했다. 100장을 넘게 써도 안 된다는 취업을
이력서 한 장, 프리 패스로 20대를 보냈다.

나에게 도전은 없었다.
안주하기 좋은 삶이었다.
만족스럽진 않아도 굶어 죽지 않는 안일한 삶이
더할 나위 없이 좋았다.

몇 년쯤 흘렀을까?
그제야 더디게 오르는 급여가 성에 차지 않았다. 컴퓨터 화면

너머에 있는 이름 모를 익명의 사람들과 비교를 시작했다. 소위 스펙이 나와 달랐다.

갑자기 안일하고 좋았던 삶이 불행해졌다.
이상하다.
적당히 행복했는데….

제자리걸음인 줄만 알았는데 점점 뒤처지고 있었다. 공부하겠노라 사놓은 수험서가 늘어갔다. 그러나 붙을 자신이 없었다. 응시하지 않은 시험투성이는 '한 번 해봤다'는 훈장과 실패 없는 불행을 낳았다.

어디로 가야 하는 걸까.
인지하고 말았다.
차라리 몰랐다면 불행하지 않았을 텐데.

실패가 싫어 도망친 문 너머엔 불행이 서 있었다.
내 선택을 비로소 깨달았다.

혹시 이것이 행복 강박증인가요?

책을 읽다 보면 감동적인 구절을 만난다. 아, 어디서 좋은 구절을 봤는데, 뭐였더라, 어느 책에서 봤더라…. 머릿속에 남기 무섭게 휘발되어버린다. 제때 메모를 하지 않으니 금세 잊어버렸다. 좋은 문장이 있던 책장을 사진으로 찍어 남긴다. 정작 공유하고픈 문장이 생겨 사진첩을 열어보면 똑같은 책 사진이 사진첩 하나 가득이다.

그런 연유로 시작한 SNS였지만 나만 알고 싶은 건 따로 기록했다. 하지만 그럼 뭐 하나, 펴보질 않는데. 용량이 초과되어

버린 건지 하루 에너지가 모두 소진된 탓인지 이마저도 점점 텀이 길어진다.

SNS을 하다가 우연히 본 낭독단 모집 소식에 재빠르게 신청을 했다. 《위로의 책》 낭독 이벤트에 당첨되었다. 마음속으로 제목이 뻔하다며, '그래, 얼마나 뻔한 지 읽어 봐주지'라는 마음으로 책을 펼쳤다. 예상을 벗어나 뻔함보다 묘한 울림이 오랜 시간 잔잔히 가슴에 남았다.

그중 낭독하기로 결심했던 「당신이 행복하지 않은 열 가지 이유」는 몇 번을 읽고 또 읽어도 공감이 되었다. 열 가지 이유 모두가 와닿았지만 그중 열 번째 '행복을 의무라고 생각하기 때문에'라는 구절이 마음에 박혔다.

오랜 시간 그랬다. 행복하지 않을 거면 그 시간이, 행동이 가치가 없다고 생각했다. 행복은 반드시 유지되어야만 하는 '의무'니까. 대표적으로 사랑이 그랬다. 행복하기 위해서만 하는 것이고 그 결과는 결혼이어야만 한다고 생각했다.

결혼은 아주 나이가 많이 먹어서 하거나 하지 않을 거라 생각은 하면서 연애를 할 때면 항상 결혼을 꿈꾸곤 했다.

그 시절 유튜브가 있었더라면!
연애 공략집이 있었다면!
좀 재미있는 20대를 보냈을 텐데….
나의 연애 방식은 슈퍼 엉망진창이었다.

'어차피 헤어질 건데 왜 만나?'라면서도 시작은 해놓곤 정말 헤어질 땐 하지 말아야 할 진상 짓이라는 진상 짓은 다 했다. 다시는 사랑 같은 거 하지 않을 테야 울며불며 외로움을 견디지 못해 금세 빈자리를 채워버리는 금사빠가 따로 없었다. 낑낑거리며 주인의 쓰다듬 한 번을 기다리는 강아지처럼 사랑을 갈망했다. 행복에 안달이 나 있었다.

사랑에 빠진다는 건 행복이 분명한데 곧이어 찾아올 이별에 시작부터 두려움이 생겼다. 매 순간 마음껏 행복하질 못했다. '나는 무슨 일이 있어도 행복해질 것이다. 나는 무슨 일이 있어도 반드시 행복해질 거야'라는 다짐과 무색하게 S 극끼리 만난

자석처럼, 가까이 가려 할수록 그만큼 멀어졌다. 사랑은 행복을 채우는 방법이 아니었다.

행복하지 않은 것 같은 건 멀리했다. 나에게 행복한 것들은 단순한 오락으로 시간 때우기, 맛있는 음식으로 위장 채우기 그리고 눕기 등 뇌를 자극하는 도파민 가득한 순간들뿐이었다.

'난 왜 이 모양일까, 왜 내 생각의 알고리즘은 이 모양일까?'라며 나 자신을 원망스러워하면서도 그것을 멈출 수가 없었다. 그것은 내가 책꽂이의 꽂힌 책의 열을 맞추고 화장실을 나올 때마다 몸무게를 재는 행위와 같은 강박이라는 것을 알았다.

불안이 커져서 신경 정신과를 찾은 어느 가을날, 너무 붙어살아서 불편한 줄 몰랐던 '완벽'의 단짝 '강박'을 찾아냈다.
인정하고 싶지 않지만 인정해야만 했다. 다행인 건 강박은 약으로 치료가 가능하다는 거였다. 그동안 나를 수도 없이 괴롭히던 답답한 행복 알고리즘 실타래가 확 풀리는 순간이었다.

연애=결혼=반드시 행복=이혼 절대 불가.

이런 나만의 공식이 이상한 게 아니라고, 그냥 하나의 불안이었다. '반드시 나는 행복을 증명해 낼 수 있는 사람'이라는 의무감의 행동이, 실은 불안하다고 외치고, 아프다 말한 것이었다.

콧물 기침이 나야 병원에 가고, 다리가 부러져야 병원에 찾는 것이 아니다. 내 마음의 작은 불씨가 큰불이 되지 않게 뇌가 좀 힘들어서, 마음이 좀 힘들어서 고장이 났다면 빨리 약 먹고 나으면 된다.

나는 강박을 치료하기로 했다.

괜찮은 척, 고장 난 나와의 첫 만남

정여울 작가님의 《나의 어린 왕자》를 지하철에서 폈다가, 눈
물 콧물에 크게 혼이 났다. 마스크 덕분에 콧물은 가려졌지만
누가 보면 대 낮에 이별이라도 당한 줄 알았을 것 같다. 내용
중 니콜 르페라 〈내 안의 어린아이가 울고 있다〉의 일곱 가
지 유형의 아이를 인용하며 이야기는 시작했다.

'난데?, 어? 난데…'를 하다가 '실수를 두려워하며, 자신의 욕구
를 부정하고…'를 읽는 순간 읽는 속도보다 차오르는 눈물이
빨라 흘러넘쳤다.

가려버린 시야에 더 이상 책을 읽을 수가 없었다. 눈물이 사정없이 흘러내리는 덕분에 프롤로그도 채 다 읽지 못하고는 재빠르게 책을 덮어 가방에 넣어버렸다. 사랑에 안달 난 나의 내면의 아이가 갑자기 알아차려 줘서 적잖이 놀랐을 거다.

책 내용의 시작은 루나가 조이란 내면 아이의 상처와 용감히 대면하기 위해 그와의 내담 노트를 만들어 "잘 있니?"라며 안부를 묻는 것부터 시작한다.

나도 나의 그녀에게 이름을 붙여주었다. 유메. 일본어로 꿈이라는 뜻이다. 어릴 때부터 소리가 예뻐 좋아하던 단어였다.

"안녕? 유메로 하자."

수줍게 인사를 건네고 써낸 얘기는 고작 '요즘 너 자주 등장한다? 애써줘서 고마워. 그런데 너무 힘들어…'였다. 남몰래 울고 있을 그녀에게 다짜고짜 자주 등장한다. 볼멘소리에 힘들다 하소연을 했다. 잘 기억은 나지 않지만 분명 한숨도 쉬었을 거다.

책장을 넘기며 이어지는 대화에 따라 유메에게 말을 걸었다.

'네 잘못이 아니야. 그런 말을 한 사람이 어른스럽지 못했고 나빴어. 완벽하지 않아도 괜찮아. 누구에게 잘 보이려고 하지 않아도 돼. 칭찬받으려 하지 않아도 괜찮아. 넌 그냥 너고 너대로 잘하고 있어. 최선을 다하잖아.'

기억 속에 얼음 동상처럼 갇혀 버린 슬픈 나를 만나러 과거로, 점점 깊은 곳을 향했다. 지는 게 싫었던 꼬마 시절, 있는 듯 없는 듯한 유년 시절 그리고 성인이 되어도 강한 척했지만 여렸던 나에게. 내면 아이와의 만남이 처음은 아니지만 글로 써보니 더욱 강렬한 만남이었다.

20대 중반까지 스스로 누구보다 강하다 여겼다. 뭐든 혼자 해내야 했고, 약해지면 큰일이라도 나는 줄 알았다. 나약해빠질 겨를이 없었다. 너무 강해 조금만 더 힘을 줬다간 댕강 부러질 것만 같았다. 눈에 뵈는 게 없다는 게 좀 더 정확한 표현 같다. 나니까 어쩔 수 없이 나를 데리고 살고 있었다.

사랑받기 위해 안달이 나 있었지만 나는 어떻게 해야 사랑받는지, 제대로 알지 못했다. 예쁘고 귀여워야 하는 걸까? 나에겐 괜찮은 구석이라고는 하나도 없다고 생각해 사랑받을 자격이 없는 게 당연하다고 생각했었다.

그 당시의 안 스스로를 믿지 못했기 때문에 남을 믿지 못하고 누구도 믿지 못했다. 하지만 나를 이유 없이 보듬어 주는 사람을 만나고서야 내가 고장이 나 있다는 것을 깨달았다. 꼭 이유가 있어야 사랑받을 수 있는 게 아니란 걸 알았다. 깨닫고 나서야 조금씩 치유가 되었다. 겨우 괜찮은 척 억지 부리는 것을 내려놓기 시작했다.

고장 난 나와의 만남은 예고 없이 찾아온다. 사실 만나도 만났는지 모를 때가 더 많다. 한참을 지나고서야 만났었는지를 어렴풋이 알뿐. 갑자기 생겨난 마음의 균열에 고장 난 내가 툭, 튀어나온 것 같다면 내면의 그의 이름을 불러주자.

아! 이름을 먼저 지어주자.
갑자기 찾아왔을 때 알아차릴 수 있게.

내 마음인데 내 마음대로 안돼

'아, 나 또 실수 한 걸까?

왜 자꾸 틀리는 거지.

바보야? 바본가? 분명 남들이 욕할거야.'

오늘도 자책하느라 뼈가 시리다.

아프다 아파. 그런데도 멈출 수가 없다.

내 안에선 계속해서 말한다.

'응. 맞아. 그것밖에 못해?? 잘 좀 해라 좀.'

오늘도 심판관이 이겼다. 그렇게 며칠을 심판관이 이겼다. 어김없이 깊은 자책과 우울감에 빠진다. 그는 실수에 엄격하고 규칙을 좋아하는 정의로운 천사인 것 같지만 사실은 거의 매일 날이 서있는 악명 높은 악마다. 웬일로 쉬엄쉬엄 넘어갈 때도 있지만 대부분 불만이 가득 꼬인 채로 한가운데 자리 잡고 있다.

내 안에 그 친구는 자주 이긴다. 질리도록 경험을 해서 이제는 퇴치법을 알 법도 하지만 끝이 보이지 않는다. 시작은 작은 실수였지만 그것이 반복되면서 자책이 늘었다. 그러더니 결국은 '나 까짓 게 글을 쓴다고? 무슨 연유로? 누구에게 피해를 끼치려고!'까지 커져버리는 바람에 괴로움을 감당하기 버거웠다. 술도 마셔보고 늦잠도 자보고 쉬기도 오래 해봤지만 좀처럼 나아지질 않았다. 결국 병원을 향했다. 약의 힘으로 커질 대로 커져버린 심판관을 겨우 작게 만들 수 있었다.

이 심판관은 내 안에 살고 있는 또 다른 나다. 어릴 적 만화에서 보면 결정의 순간 갑자기 내 머릿속 위에 뾰뵤봉~! 하고 튀어나와 내 대화에 끼어드는 천사와 악마. 다들 이렇게 동거 중인 세 명의 나. 자기네들끼리 설전을 벌인다.

'얘들아! 좀 꺼져줄래?'라고 하며 내(ego-자아)가 이긴다.

'그럴 수도 있지 뭐. 남들은 너한테 신경 하나 안 써~ 너 하고 싶은 대로 해'라고 해서 만화에서 주로 악마(id-이드)가 이길 때면 야릇한 표정으로 '나쁜 행동'을 하는 걸로 묘사되기도 하지만 나에게 '이드'는 귀여운 게으름뱅이 아기 요정 같다.

주로 내 뜻대로, 하고 살지만 정작 결정적인 순간엔 저 멀리 숨어서 나오질 않는다. 내 안의 천사, 아니 천사의 탈을 쓴 악마인지, 악마의 탈을 쓴 천사인지 심판 놀이에 빠진 악질(superego-초자아) 덕분에 내 마음이지만 내 마음대로 되질 않는다.

처음엔 좀 성격이 내향형이라 남의 눈치를 많이 보느라 그런 줄 알았다. 내성적인 것과 남의 눈치를 보는 것, 엄격한 것은 달랐다. 겉으로는 강한 척을 애써 해봐도 내면은 늘 주눅이 들어있었다. '괜찮았다', '괜찮지 않았다'를 반복했다. 그냥 굉장한 변덕쟁이라고 여기기로 했다. 그게 편했다.

심리학 책에 관심을 가지다가 정신 분석학 책도 관심을 가지게 되었다. 그제야 이들의 존재에 대해 알게 되었다. 내 마음인데 내 마음대로 안되는 게 당연한 거였다.

"휴, 다행이다."

그렇게 나를 조금씩 이해할 수 있게 되었다. 나는 미쳤거나 이상한 게 아니었다. 이제 자주 강해지는 초자아를 잘 다스리는 법을 알아야겠다.

행복에도 노력이 필요한가요?

커피 한 잔에 잠시 생각에 잠긴다.

쉬지 않고 참 열심히도 살았는데, 도대체 어디쯤 있는 걸까.

어디로 가는 거지?

정처 없이 흘러갔다. 남들이 가는 곳으로.

그곳이 결승점인 줄 알고 뛰었다.

나를 위한 헹가래는 없었다.

길을 잘못 든 것 같다.

나는 도대체 어디로 가야 하는 걸까….

아침에 일어나 오늘 할 일 체크리스트를 상기해 본다. 아직 습관이 되지 않았지만 지키고 싶은 것을 종이에 우겨 적었다. 하루가 흘러 저녁이 되었는데 지우지 못한 할 일이 하나 가득 있다. 체크가 많은 날은 뿌듯한 날도 있지만 미룰 수 있는 만큼 미뤘다 채우기를 포기하고 결국 빈칸으로 남겨둔 날도 있었다. 걱정인지 다짐인지 모를 것들을 하나, 둘 클리어했다. 그렇게 별 볼일 없는 어엿한 일개미가 되었다.

돈이 만병통치약이라고 생각했다. 돈을 벌면 행복할 줄 알았다. 그런데 이게 바로 목표 달성이 주는 공허감 뭐 이런 건가? 행복하지 못했다. 시계 초침처럼 쉬지 않고 돌아갈 뿐, 그곳에 나는 없었다.

첫 월급으로 부모님 내복 대신 PC를 샀다. 프로그래밍 '공부나 좀 해볼까'라고 해놓곤 프로그래밍 프로그램 대신 제일 먼저 게임을 깔았다. 성능을 파악한다는 핑계였다. 그렇게 시작된 플레이는 나의 저녁 시간을 가득 채웠다. 하지만 역시나 공허했다. 옆자리 과장님이 골프를 배워보라고 하셨지만 사회 초년생 월급으로 골프는 무리라 안 되겠다고 말씀드렸다.

목에 사진이 프린트된 명찰을 메고 또각 거리는 힐을 신고 출근하는 건 드라마 속 장면이었다. 나는 사무직이지만 사무실에만 앉아있진 않았다. 이따금 철문 너머 평수를 헤아릴 수 없이 넓은 현장으로 향했는데 이리저리 현장을 뛰어다녔어야 했기 때문에 신발의 굽 높이는 점차 낮아졌다.

부서 막내로서 본분에 최선을 다하고 싶었다. 그렇지만 옆 부서 언니를 봐도, 앞 부서 언니를 봐도, 이대로 있다가는 서류 셔틀로 끝나버릴 것 같았다. 그들이 행복해 보이지 않았다. 일 년이 지나고 오 년이 지나면 그녀들처럼 되어있을 것 같았다. 딱히 나쁘지도 않았고, 지치지도 않았지만 그들처럼 되고 싶지 않다는 얄팍한 이유로 첫 직장 3년 버티기 국룰을 뒤로 한 채, 일 년 반 만에 도망쳐 나왔다.

딱 하루를 쉬고 이직을 했다. 도시로 상경을 했다. 이 핑계 저 핑계를 댔지만 그냥 시골에 있는 게 싫었나 보다. 딱히 늘리지 못한 연봉으로 지출을 늘렸다. 판단 착오였다. 그래도 직급이 생겼다고 해벌레 좋아서 또 그럭저럭할 일만 하는 부품이 되었다.

내 자리는 창문 하나 없는 골방이었다. 함께 일하는 상사는 출장이 잦아 혼자일 때가 많았다. 나에게 주어진 일만 하면 하루종일 놀다 가도 모를 일이었다. '잉여롭다'가 딱 어울리는 단어였다. 행복해 보이지 않는 언니들 때문에 이직을 했다고 하기엔 모든 행동이 거리가 멀었다.

가만 보자… 행복에도 노력이 필요했던가? 밥을 먹기 위해서도 씹는 노력이 필요하고, 잠을 자기 위해서도 잠들기 위한 노력이 필요하다. 숨쉬기? 그것도 익숙해져서 그렇지. 아기도 엄마 뱃속에서 나와서 응애응애 이놈의 공기는 무엇이냐 했다고. 다 노력했다고.

거울을 보니 노력하지 않는 징징이가 눈앞에 서 있다. 욕심만 많고 노력이라고는 눈곱만큼도 하지 않는 비겁한 변명쟁이. 무언가 단단히 잘못됐다. 그동안 그냥 누군가 닦아놓은 길을 따라만 왔다. 길을 잘못 든 게 맞다. 편하기만 한 이곳 끝에도 아무것도 보이지 않았다. 그걸 깨달았을 땐 5년이라는 시간이 훌쩍 흘러있었다.
뒤늦게 나는 행복을 위해 노력하기로 했다.

쟤 인생은 축제, 내 인생은 숙제

쟁여둔 마스크는 무료 나눔을 해도 가져가지 않는다. 집집마다 악성 재고가 생겼다. 끝이 나긴 할까 싶던 긴 터널이 끝났다. 마스크 벗는 게 어색할 것만 같았던 포스트 코로나 시대는 많은 걸 바꿨다. 그중 한 가지는 대면 만남이 줄어들고 개인의 시간이 늘어나게 된 것. 깔끔한 정장 상의라면 예의 없는 하의로 미팅을 한다 해도 비대면은 그것을 용납케 한다. 그렇게 만남은 줄어들었고 혼자만의 시간이 늘어났다. 만남을 위한 만남을 하지 않아도 되어 버렸다.

'선택적 대면.'

만나는 게 숙제인 내향형이라든가 귀차니스트에겐 감동적인 변화임에 틀림없다. 시간이란 게 늘어나다 보니 그로 인해 자기 계발을 하는 사람이 늘어났다고 한다. 서점가에 깔린 수많은 자기 계발서만 봐도 그러했다.

늘어난 시간을 나를 위해 썼다. 누군가는 '확찐(?)자'가 되기도 했지만 누군가는 '오운완(오늘 운동 완료)'을 했고, 누군가는 여전히 '소비자'에 머물렀지만 누군가는 '생산자'가 되기도 했다. 너도, 나도 시작을 했다. 우리는 전자이기도, 때로는 후자에 속하기도 했다.

멍하니 누워 유튜브를 본다.
유튜브 속에선 '단군 이래 돈 벌기 가장 쉬운 세상'이라고 말했다. 그것을 볼 때면 열정이 화르르 타올랐다가도 똑같은 현실에 좌절감을 느꼈다. 동시대에 살며 여전히 그렇지 못한 나를 비웃는 듯 느껴져 보는 것마저 그만두었다. 그렇게 기분이 널뛰기를 한다.

괜히 구직 사이트 앱을 한 번 열어본다. 이곳은 몇 해 전과 비교해 변함없어 보이는 초봉에 외국어도 잘 해야 하는 데 심지어 신입인데 경력이 필요했다. 어디가 현실일까. 확연한 온도 차이에 현실 감각이 떨어진다.

역시 유튜브 속 그들의 말은 모객을 위한 자극적 카피 라이팅이 분명하다. 충분히 돈을 벌어 파이어했다면서 돈 자랑인지 모지 뭔지 모를 것을 하러 기어 나온 게 영 못마땅했다.

"너도 내가 말 한 대로만 하면 나처럼 살 수 있어!"

그들이 무도회장에서 파티를 벌이고 있는 왕자님 공주님처럼 보였다. 매일이 축제인 동화책처럼 말이다. 어른이 되고 보니 동화책 그들도 책을 닫으면 "수고하셨습니다~!" 하고 퇴근해서 씻고 누울 것만 같았다. 나처럼 누워서 유튜브나 보면서 말이다.

옛말에 '오르지도 못할 나무는 쳐다도 보지 말라' 했는데 어떡해서든 사다리를 올라타겠다고, 혀를 차면서도, 그들을 질투하면서 책에서 본 '팬 천명을 만들기'를 위해 오늘도 나를 쥐어짜본다.

'쟤 인생은 축제, 내 인생은 숙제'다. 그들을 향한 이런 마음을 가진 게 가난한 자의 마음이란다. 돈이 없는 것도 억울한데 가난한 자의 마인드란 소리마저 들으니 내 입은 피노키오 코보다도 더 나와 버렸다. 비교하는 마음은 점점 스스로를 멍들 게 했다. 그러던 나에게도 계기란 게 생겼다.

'남보다 일찍 시작해야 기회가 아니다.
내가 시작하면 그때부터 기회가 된다.'
SNS에서 우연히 본 김미경 선생님의 말이다.

오래전 그녀를 처음 TV에서 보았을 땐 억척스러운 센 언닌 줄만 알았다. 지금은 거장처럼 보이는 그녀도 과거 피아노 전공자라는 이유로 많은 무시를 당했다고 했다. 그저 생계를 위해, 꿈을 위해 쭉 한 길을 얼어왔을 뿐이라고 말했다.
그렇게 꽂힌 그녀의 말에 불현듯 나도 할 수 있을 것만 같은 막연한 자신감이 타올랐다 며칠 뒤 꺼져버린다. 작심삼일이라는 말은 그 마음이 사흘을 가지 못하니 3일에 한 번씩 마음을 먹으라는 뜻인가 보다.

경로를 재 탐색합니다

당신, 뭘 안다고 그러세요?

평범한 점심시간이었다. 월요병을 지나 금요일에 가까워질수록 체력은 떨어진다. 매주 비슷한 패턴이다. 목요일도, 금요일도 아닌 그날은 원래대로라면 그렇게 힘든 날이 아니어야 했다. 원인은 알 수 없지만 유독 지친 날이었다.

오전이 빠르게 흐르고 시계는 12시를 넘겼다. 밥보다는 혼자만의 시간이 필요한 날이었다. 밥을 선택하지 않는 나에게 옆자리 동료가 말했다.

"밥을 왜 안 먹어? 왜 자신을 학대하지?"

솔직한 나를 말하지 못하고 "좀 굶겨보려고요"라고 말한 게 화근이었다. 내가 소중해서, 나를 위한 휴식을 '선택'한 건데 졸지에 '학대자'가 되었다.

정말 '학대한 것인가' 수십 번, 수백 번 되뇌며 머릿속이 온통 '학대자'로 뒤덮였다. 그중에서 웃어넘긴 장면이 가장 화가 났다. '갑자기 다이어트 욕구라도 생겼나? 왜 그렇게 대답했지?' 그렇게 나를 위해 선택한 소중한 한 시간을 낭비해 버렸다.

"혼자만의 시간이 필요해서요"라고 말할걸.

"아까 사실은 스스로를 굶기려고 했던 게 아니라 혼자만의 시간이 필요했어요. 그래서 밥을 포기 한 거였어요. 저를 학대하려고 한 게 아니라 제가 소중해서요"라고 말할걸.

뒤늦은 후회는 나에게 늘어놓는 궤변일 뿐이다.

동료는 내가 걱정돼서 그렇게 말한 것을 알고 있다. 매일 오랜 시간 감기에 골골거리는 모습인 주제에 끼니까지 거르는 모습이 당연히 걱정되었을 것이다. 그렇지만 그 순간만은 당신만의 시각으로 학대자가 된 게 억울하고 울화가 솟구쳤다. 감정은 금세 사그라졌지만 말이 뿌린 생채기가 아무는 데는 며칠의 시간이 더 필요했다. 스스로 학대한 게 아니라는 확신을 얻고서야 겨우 그 생각에서 자유로워졌다.

나라는 사람을 모두에게 소개할 순 없다.
'당신, 나에 대해 뭘 한다고 그렇게 말씀하세요?'
속으로 시뮬레이션도 해보았다. 이 정도로 정색할 만한 상황도 아니다. 오히려 이랬다간 무서워 걱정도 못해줄 MZ 세대로 찍히기 딱 좋다.
그냥 서로가 다랐을 뿐이다.

알면서도 이따금 찾아오는 타인의 시선에 예민하다. 나라는 사람에겐 여전히 '관계'는 어렵고 서툴다. 그래서 요즘 친구들은 서로 묻나 보다.

"MBTI가 뭐예요?"

상대를 이해하고 싶어서? 아니. 나를 지키고 싶어서.
이해는 사치다. 그냥 '아, 그렇구나' 딱 이 정도.

내 감정은 나만이 안다.

남을 이해시킬 필요도, 설득 시킬 필요도 없다.

나를 인지하고 솔직해지자.

상처받지 않기 위해서.

여기쯤이면 바닥인 줄 알았는데

또 실수가 많았던 날이었다.

'아 왜 난 이것밖에 안될까. 나는 방해만 되는 사람인 것 같아.'

뭐라고 하는 사람은 하나 없지만 내가 앞장서 나를 질책한다.
풀이 죽은 채 비 맞은 생쥐처럼 하루를 보냈다. 다음날도 또
그다음 날도 그렇게 실수가 없었던 날에도, 풀이 죽은 채 하루
하루 시들어 갔다.

에메랄드빛 바다가 푸른 바다가 된다. 푸른 바다는 짙푸른 빛 바다가 되었다. 이제 빛이 들지 않아 검정색에 가까운 바다가 되어버린다. 그렇게 나는 검정 바닷속으로 가라앉았다.

숨을 쉴 수가 없었다.
더
더
깊이.

바닥인 줄 알았던 곳에서 발이 닿지 않아 더 깊이 가라앉았다.
그리고 바닥에 닿았다.
그러나 그곳에는 공기가 없다.
수면 위로 올라가야만 했다.
혼자 힘으로는 부족했다.
이대로 죽어도 이상하지 않을 것만 같았다.

용기가 없는 게 천만다행이었다.

죽을힘을 다해 수면 위를 향한다.

이대로 죽어도 이상하지 않을 것 같은 마음은 거짓이었다.

한 번씩 내면의 바다 깊은 곳으로 빠져든다. 진짜 공기가 없는 바닷속도 아닌데 정말 숨쉬기가 힘들다. 물론 몸에는 이상이 없다. 순간을 견디어 내면 괜찮아진다. 이렇게 한 번씩 바닥을 치고 나면 두 번째는 덜 아프다. 바닥인 줄 알았던 곳은 더 깊어져 있지만 괜찮다.

지난번만큼 아픈 건 이겨낼 수 있기 때문에.

아주 가끔, 한껏 움츠려져 부정적임에 휩쌓인 채 SNS에 글을 남길 때가 있다. 그럴 때면 어김없이 모르는 사람도 나에게 위로를 건넨다. 지난번엔 많은 위로 중 '인간이라서 당연하다'는 말이 위로가 되었다.

실수에 풀이 죽기도 하고 실패에 좌절하기도 한다. 하지만 주기적으로 찾아오는 실수나 실패 앞에 좌절해서 부정적이기만 한 건 어리석은 사람이나 하는 짓이다. 아이러니하게도 이런 상황은 항상 가르침을 준다. 그것을 놓치지 않고 내 감정, 이를테면 분노, 좌절, 억울함, 열등감들을 잘 꺼내어 봐야 한다.

기록을 할 수 있다면 더 좋다. 꺼내서 살피고 돌보아준 나의
마음은 다시 가라앉았을 때 더 빨리 수면 위로 나오게 한다.

언제나 바닥은 존재한다.
살아나가면서 더 깊어지기야 할 테지만
우리는 그때마다 딛고 일어설 것이다.

던져진 주사위

'나에게도 빨리 어른이 되고 싶었던 어린 시절이 있었는데….'

스무 살이 되고 얻은 술을 마실 수 있는 자격. 원더 랜드 피터 팬이고 싶었던 적은 없었는데 이제는 나이 드는 게 싫은 나이가 되었다.

나이를 먹으면 시간이 점점 빨리 간다는데, 그건 사실이었다. 이제는 온몸으로 빠르게 흐르는 시간이 느껴지는 날이 많다. 동안이라는 소리도 한때는 행복했는데, 이제는 정말 나이를 먹어버렸다는 소리로 들려 기쁘지 만은 않다.

그리고 더 나이를 먹으니 기뻐지는 순간이 다시 찾아왔다.

'난 뭐 하는 사람일까?'

몸은 컸는데 마음이 정령 컸는지 모르겠다.

'똑똑',

노크를 해보아도 그것을 대답해 주는 사람은 없다.

나도 모르는 사이 이미 게임은 시작됐다. 살기 위해 게임을 시작한 영화 속 한 장면처럼 이유도 모르고 주사위를 던졌다. 그리고 전진, 또 전진. 어딜 향해 가는지 모르겠다.

어린 시절 부루마블 게임에서 무인도에 갇히면 그렇게 억울했는데 이제는 무인도에 좀 쉬면서 남들은 어떻게 도나 지켜보며 쉬고 싶단 생각이 들었다.

'그렇지만 현실은 게임이 아니지.'

이것은 나의 상상에 불과하다. 남들을 지켜보며 휴식을 취할 수 있는 무인도는 없다.

매일 주사위를 던진다. 그저 전진만 할 뿐이었다.

황금 열쇠 카드가 있는 줄도 몰랐다.

어느 날 카드가 있는 칸에 멈췄다.

뒤집은 카드엔 이렇게 쓰여 있었다.

'행복해?'

그동안 뒤집지 않았던 황금 열쇠 카드가 한아름이란 사실을
뒤늦게 깨달았다.

'3년 뒤엔 무엇을 할까?'

'어떤 일을 할 때 성취감을 느껴?'

외면해서 있는 줄 몰랐던 황금 열쇠 카드는 나에게 던지는 질
문 꾸러미였다.

나는 그동안 해오지 않은 질문을 하기 시작했다. 나는 그동안
내 마음의 소리에 귀 기울인 적이 없었다. 던져진 질문에 정답
인지 오답인지 모를 것들을 쏟아 냈다. 이제야 비로소 진정한
전진하기 시작했다. 삶은 빠르게 완주를 한다고 이기는 게임
이 아니었다. 사실 이 게임은 승자도 패자도 없는 그런 게임이
다. 제대로 완주를 위한 게임일 뿐이다.

제대로 천천히,
나에게 질문을 하는 것은 살겠다는 몸부림이었다.

'난 뭐 하는 사람일까?'

당장 몰라도 괜찮다. 이런 질문이 처음이니 모르는 게 당연하다. 어쩌면 인생이라는 여정 자체가 질문에 대한 답을 찾아가는 과정인지도 모르겠다.
이런 어려운 질문은 잠시 쉬었다가 쉬운 질문부터 차근차근 답을 찾아가자. 늦게 답을 알아차린다 해도 뭐라고 하는 사람은 없다.

오늘도 주사위를 던지며,
질문을 던지며,
작은 적진을 한다.

결혼은 총 맞은 것처럼

"머리에 총 맞았어? 나랑 결혼하게?"

나에게 결혼은 그랬다. 엄마가 "네 남자친구가 어쩌고~"를 시전하실 때 말꼬리를 낚아 챈, 더 이상 말이 길어지는 걸 막기 위해 이렇게 쏘아붙였다.

스무 살 이후엔 쉬지 않고 아르바이트를 했다. 아홉 살 터울 막냇동생과 나보다 공부를 잘했지만 대학을 가지 못한 여동생 그리고 고생하는 우리 엄마. 죄책감인지 책임감인지 모를 무게는 온전한 나로서의 삶을 거부하기 마땅하다 여겼다.

그렇게 나는 결혼이란 건 하면 안 되는 거라고 생각했다. 부모님 탓은 아니다. 살다 보니 괴팍해진 나를 객관화하게 되었고 그로 인해 희생될 누군가에 대한 걱정이었다.

몇 번 인진 셀 수 없는 연애를 했다. 좋다고 할 땐 언제고 시들어가던 사랑놀이. 아니란 걸 알면서도 헤어지지 못하는 이별, 그리고 마지막 헤어짐을 인정하지 못하는 남자 친구 덕분에 스토킹 경험까지. 그냥 혼자 살 팔자려니 했다.

출처는 알 수 없지만 호랑이띠 여자는 드세서 결혼을 일찍 하면 안 된다고 했다. 타고난 운명이라면 나는 그것을 순응하기로 했다. '결혼은 미친 짓이다'라는 영화 제목도 있듯이 확실히 결혼은 미쳐야 가능할 것 같았다. 오늘 뭐 먹지를 결정하는 것도 힘든 세상. 사랑해서 결혼해도 헤어지는 판에 평생 함께 할 한 사람을 고른다니 소크라테스도 해결하지 못할 논제 일 테다.

그러나 사랑은 참 놀랍다. 눈에 보이지는 않지만 사랑은 많은 걸 가능케 했다.

세상에 모든 고난과 역경을 혼자 다 안은 듯 부정적이던 나에게 구세주가 나타났다. 좀 더 사실대로 말하면 헤어져 주지 않는 구 남자친구를 떼어내기 위해 '이제 더 이상 네가 필요하지 않아'라는 걸 보여 줄 대체 남친 연기자가 필요했다. 그 역할을 해주겠다는 사람이 나타났다. 안 그래도 시달려서 힘들었는데 말이다.

끈질기던 그가 어느 순간 조용해졌다. 어쨌든 해결이 되었다. 잘은 몰라도 그도 꽤나 고생을 한 모양이다. 그렇다고 그와 만날 생각은 없었는데 연락 지분이 확실히 많아지더니 헤어짐이 확실해졌을 때쯤 그의 고백이 닿았다.

처음이야 누구나 불타오르지만 본래 나라는 본질이 변하지는 않는다. 부정적인 에너지 덩어리는 이내 '왜 나를…?' 대답을 듣기 위해 수도 없이 물어 댔다. 그는 간이라도 빼어줄 기세로 잘해준 적은 없지만 진득하니 제 갈 길 가는 거북이처럼 한결같았다. 낮았던 자존감은 그를 통해 차차 회복했고 나는 '세상에서 제일 예쁜' 사람이 되었다. 그렇게 총을 맞아야만 가능한 줄로만 알았던 결혼을 연애 3년 끝에 하게 되었다.

요즘도 참 진상 짓을 많이 하는데 "너는 도대체 왜 그러니…"
라고 종종 본인의 의사를 표출하지만 여전히 한결같다. 덕분
에 내가 참 많은 걸 한다.

결혼은 총 맞은 것처럼 그렇게 다가왔다.

이젠 내 멋대로 할래

"머리가 나쁘면 눈치라도 있어야지~ 손발이 고생한다고~"

누가 처음 한말인진 모르겠지만 어디선가 주워듣곤 고개를 끄덕였다. 머리가 좋은편은 아니라고 생각했기에 눈치라도 있어야겠다고 생각했다. 남에게 폐 끼치지 않으면서 최소한의 밥벌이라도 하려면 말이다.

'NO'가 필요하다 싶은 상황에서도 'YES' 하고 마는 눈치 보는 어른이 되어버렸다. 죄송하지 않은 상황에서도 자연스럽게 죄송하다는 말을 해도 그다지 마음이 불편하지 않은 사람. 먹고 싶은 게 있는 날도 내 의견을 가볍게 무시하는 사람. 먹고 싶은 것쯤이야 저녁에 먹어도 그만이니까.

'지긋지긋하다.'

내게 솔직하지 못한 가식적인 삶은 참으로 지겹다. 그래놓곤 집에선 심술 대마왕 폭군이 따로 없다. 비겁하게 하는 거라곤 약자에게 화풀이뿐이었다. 투덜거림으로 부정적인 에너지를 채운다. 누군가를 깎아냄으로써 얻어진 우월감이다.

주변에서도 처음엔 그런 내 말을 들어 주곤 했지만, 그것도 하루 이틀이지, 똑같은 짓거리를 해대는 게 미안했다. 부정의 에너지를 전염 시키는 내가 꼴 보기 싫었다. 나는 그저 비겁하고 앞뒤가 다른 사람일 뿐이었다. 이런 나에게 연민이나 분노의 감정보단 짜증이 났다.

'돌아서면 후회할 거면서. 왜?'
'내가 난데! 네~아무렴요. 그러시던가.'

내가 아닌 나로 사는 것을 그만둬 보기로 했다. 더 이상 내가 아닌 나로 사는 게 버겁다. 언제나 '척!' 상상 속에 잘난 나든, 남의 눈치만 계속 보는 YES만 일삼는 나든 모두 맘에 들지 않았다. 이건 삐뚤어지겠다는 얘기가 아니다. 좀 더 내가 되어야겠다는 경각심의 신호탄이었다.

'내가 난데!'를 시전해보기로 했다.
물론, 이 '내가 난데!'는 자존감이 좀 빵빵하게 올라왔을 때나 가능하다. 자존감이 바닥일 때는 절대 이 방법이 먹히지 않는다. 그때는 우선 수면 위로 먼저 끌어올려서 자가 호흡이 가능한 상태까지는 만들어 줘야 한다. 여기에 꿀 팁을 하나 말해보자면 자신의 장점을 리마인드 하는 것이다.

처음엔 어려울 것이다. 엄청나게 장점이 많진 않지 않을 수 있지만 그래도 하나쯤은 있는 게 사람이다. 찾기가 정 어렵다면 주변 지인들에게 물어봐서 알아내면 좋다. 두고두고 꺼내 먹는 나만의 신경 안정제랄까. 이것을 바로 '나만의 매력'이라고 한다. 그렇게 꾸역꾸역 찾는 내 장점을 리마인드 해보는 것이다. 조금 침울해진 나를 위로해 줄 수 있다.

이제는 진짜 내 맘대로 할란다! 남의 돈 벌어먹고 살려면 그냥 지금뿐인 거 알지만, 그렇다고 우울한 기분에 스스로 자학하는 건 매력 없는 짓이다.
어둠의 저 편으로 스스로를 내치지 말고 한번 외쳐 보자.

'내가 난데!!!'
에이, 소리 내서.

"내가 난데!!!"
아이코 시원하다.

사실 이렇게라도 하지 않으면 죽어 버릴 것만 같았다.

운명의 수레바퀴

부화를 기다리는 알도 아닌데 소중히 품고 있는 가슴 속 사표. 잘 참는편이라 생각했는데 이제 제법 사표 경력자가 되었다. 첫 사표는 철없던 신입 시절 더 큰 물에서 놀아야겠다는 막연한 자신감에서, 두 번째 사표는 이대로 가다간 내가 죽을 것 같아서, 세 번째는 경영악화로 비자발적 사표, 그렇게 네 번째 직장에서의 일이다.

가끔 보는 유튜브에서 심리학 '삼대 악(?) 그중 나르시시스트가 최고니라'라는 영상을 보게 됐다. 인지 심리학자 김경일 교수님 얘기를 쉽게 요약하자면 그랬다. 직장 내 무리 생활을 할 때는 누가 나르시시스트인지 잘 몰랐다. 모르더라도 안 맞는다 싶으면 피하면 그만이었다.

직원이 오직 나 하나뿐 일 땐 얘기가 달랐다.

나도 참 나 잘난 맛에 사는 사람이라고 생각했는데 사장님은 더 하셨다. '인간이라면 누구나 그렇겠지.' 이해가 되다가도 울화통이 치밀기도 했다. 그는 강자한테는 약하고 약자에게는 강했다. 적자생존 전쟁터 같은 사업판에서 당연한 이치구나 싶다가도 수화기 강자 앞에서 약해졌다가 전화를 끊음과 동시에 들려오는 불만 가득한 소리를 계속해서 듣고 있노라니 견디기 힘들었다. 뒤돌아 서면 나에 대해서도 남들에게 욕을 해대겠지.

아르바이트일지라도 두 달하고 관둔 경험은 방학 한정 근로일 때뿐인데 4대 보험 가입자 근로 소득자가 되어 두 달 만 일하고 그만 두기는 자존심이 상했다. 엉망진창인 이력서에 또 금이 가게 두는 건 잘못된 판단이라 확신했다. 그렇지만 두 달 만에 퇴사 욕구가 치솟는 건 처음이라 조금 당황스럽기도 했다.

나이가 먹어 인내심이 떨어진 게 틀림이 없다 여겼다. 그래도 좀 더 참아보기로 했다. 지인이 해준 명언이 떠올랐다.

"하연 씨, 좋은 회사를 가는 방법이 뭔지 아세요?"
"음…, 글쎄요?"
"안 좋은 회사를 빨리 그만두는 거."

일명 탈출은 지능순이라고 했던가. 똥인지 된장인지 찍어 먹고서야 "이것이 똥이구나! 에퉤퉤" 하는 건 한두 번이면 충분했다. 이곳을 탈출함이 마땅했다. 그러나 이 시기에 나는 자존감이 바닥이으니, 이렇게라도 소속된 회사를 그만두면, 나는 아무것도 아닌 사람이 되어버릴 것만 같았다.

이 무렵 친구 부부의 제안에 전주로 여행을 떠났다. 몇 달 아니, 근 일 년 만에 여행이었다. 이 도시만의 특별한 정취는 병든 마음에 작게 솟아난 초록색 새싹을 선물하는 듯했다. 거리를 누볐다. 먹을거리를 양손에 쥐어 들고 볼은 햄스터처럼 부풀어 올랐다.

다음 골목에 들어서니 타로 점을 보는 가게가 즐비하게 있었다. 홀린 듯 "잠깐만!"을 외치곤 홀로 타로 가게에 뛰어들었다. 무엇이 궁금하냐는 말에

"저 회사를 그만두고 싶은데… ."

'그만두는 게 맞는지 모르겠어요, 저도 제 마음을 모르겠어요'가 숨어있었지만 굳이 입 밖으로 소리 낼 필요가 없었다. 곧바로 고른 카드 네 장에 그 마음마저 투영되어 있었다. 타로에 대해 잘 몰라도 뒤집어진 카드는 더 이상 있으면 안 된다라는 강한 메시지를 주었다. 곧이어 해설이 이어졌다. 그만두지 않는다면 이 모양 일 거라는 말(DEATH 카드였다)과 그만둔다면 나는 내 삶을 개척할 준비가 되어있다고 했다.

'그만둔다'에 속해있던 두 장의 카드 중 한 장은 '운명의 수레바퀴' 카드였다. 엎혔던 체기가 풀리는 듯했다. 나의 마음을 남을 손을 빌려 꺼내었다. 주말을 보내고 결정된 마음을 전달했다.

하고 싶지도 않은 걸 끌려다니는 건 이제 지겹다.

하고 싶은 것만 할 수 없는 세상이지만
정말 하기 싫은 일은 지우고
조금이라도 마음이 가는 쪽으로 선택할 테다.

뭘 좋아하는지 몰라 지워보기로 했다

이따금 생기는 새로운 만남에 나를 소개할 일이 생겼다. 재직 중엔 '직장인'이라는 단어로 나를 소개했다. 이젠 제 발로 회사를 나와 명함이 없어지니 마땅한 단어가 떠오르지 않았다.
'백수'라고 소개해야 하나?

내가 뭘까.
'내가 난데!' 타령을 한지 얼마나 지났다고…,

직장인이 아닌 나를 정의하기 난감했다.

무엇을 잘 하는 사람인지,
아니 무언가를 할 줄 알긴 하는 사람인지,
뭘 좋아하는 사람인지….

'내가 누군지 모르겠다.'

이럴 때마다 해온 나만의 루틴이 있다. 그나마 할 줄 아는 일
본어에 관심을 기울인다. 자격증 시험을 응시할까 고민을 해
본다. 이제 자격증은 취업 시장에서조차 내밀 수 없음을 깨닫
는다. 그냥 역시 영어를 해야겠다고 다짐한다. 목표 없는 공부
를 시작한다.

작심삼일(作心三日).

그리고 '역시 영어는 나와 맞지 않아'라며 흐지부지.
본래 시작점은 까맣게 잊어버렸다. 이걸 반복할 시간에 그냥
꾸준히 했다면 생존 영어에서 생활 영어 회화 수준으론 업그
레이드되었을 텐데. 알 수 없는 생존 의무감에서 나온 언어 공
부는 정작 생계에 지장이 없다는 이유로 늘 뒷전이다.

이건 너무 공부야.

그럼 나는 뭘 좋아할까?

객관적으로 난 무엇을 잘할까?

여태껏 살아온 게 헛산 것만 같아 자괴감이 들었다. 철학서에 등장하는 수많은 철학자들은 그것이 당연하다고 했다. '인간이기에' 계속 흔들린다고 했다. 철학서에 손댔기에 망정이지 읽지 않았다면, '나는 왜 이 모양 이 꼴일까'에 빠진 자괴감에서 헤어 나오지 못했을지도 모르겠다.

그럼에도 불구하고 나를 정의할 수 없음이 서글펐다.

백수는 적성에 맞지 않는 듯해 프리랜서 생활을 시작했다. 시간을 투자한 만큼 아웃풋이 명확했다. 적당한 시간 투자는 적당한 아웃풋뿐이었다. 올인을 하기엔 마음이 끌리지 않았다. 생각하는 시간이 늘어났다. 철학자스러운 '나는 누구일까'에 빠져 너덜너덜해져있을 때 동료들과 서로를 칭찬해 주는 자리가 있었다. 그들이 공통적으로 해주는 말은 나의 말이 요즘 트렌드에 맞고 에너지가 넘친다고 했다.

"네? 제가요?"

우울함 덩어리 어서 신경정신과 약도 복용했던 내가 누군가에 겐 비타민처럼 보였다. 그저 한 사람의 말이라면 팔짱을 낀 채 방어적인 자세로 의심을 했을 텐데 다섯 명 중 네 명이 하는 말이어서 믿어 보기로 했다.

'그래. 나는 생각보다 트렌디하고 에너지 있는 사람이다!'

반짝이듯 잠깐 기분이 좋았지만 스스로 그렇게 여기지 않으니 그 힘은 그리 오래가지 않았다. 그것 또한 타인의 시선이었을 뿐, 오히려 나는 그렇지는 않은 사람이라고 속으로 반박이라 도 하는 꼴이 영 못마땅했다. 타인의 시선이 아닌 내면의 시선 이 가리키는 나침반을 따라 조용히 들어가 봐야만 했다.

남이 이야기하는 건 소용이 없었다. 또다시 나에게 돌아와 똑 같은 후회를 반복할 뿐이었다. 일명 '똥인지 된장'인지 찍어 먹 어 봐야 했다. 그것이 고작 작심삼일이라 할지라도.

내가 뭘 좋아하고 어떨 때 행복한지 하나씩 해보기로 했다.

비록 좀 돌아갈지라도,
시간이 걸린다 할지라도.

당신은 뭘 좋아하세요?

차가운 여름, 따뜻한 겨울

요약하자면 그것의 시작은 무더운 여름 한가운데 선선한 빛줄기였다. 새벽 운동을 했던 시절이었다. 이유는 '공복 운동이 다이어트에 그렇게 효과가 좋다더라'를 임상 실험 체험을 위함이었다.

피로에 한껏 찌들어있음이 디폴트 값인 직장인 5년 차 즈음이었을까. 어느 날처럼 운동을 마치고 출근을 위해 영혼 없이 옷을 갈아입고 있을 때였다. 누군가 옆에서 말을 걸어왔다.

내 또래의 여자 사람이었는데 항상 어두운 내 표정에 걱정이 되서 말을 걸었다고 했다. 유쾌해 보이는 그녀는 나와 멀지 않은 곳에서 살고 있었고 직장도 근처라며 자신을 소개했다. 나이 차이도 겨우 한 살 터울이었다. 운동으로 알게 된 우리지만 저녁땐 술과 함께인 날이 많았다.

속 얘기는 하지 않는 편인데 무슨 이유였을까. 그녀에게는 내 이야기가 술술 나왔다. 부모님과의 관계, 집을 나오게 된 계기, 아침에 표정이 안 좋은 이유…. 나도 모르게 눈물이 났다.

이윽고 정신을 차리고 보니 나는 그녀의 여름휴가 일정에 맞춰 무작정 비행기 티켓을 끊은 후였다.

그녀는 스쿠버 다이빙 자격증을 따기 위해 필리핀 보홀에 간다고 했다. 스쿠버 다이빙이 뭔지도 잘 모르고 보홀이 어디 있는지도 몰랐지만 20살 겨울, 호주에서 경험한 선명한 스노클링에 대한 기억이 나의 행동 버튼이 되었다.

출발일이 많이 남지도 않은 극 성수기에 급하게 끊은 비싼 티켓으로 필리핀에 도착했다. 눈앞에 펼쳐진 바닷속 세상은 처음 겪는 아름다움이었다. 무더운 여름, 필리핀의 수온은 더위를 피하기 적합했다. 횟수를 거듭할수록 오히려 시원을 넘어서 배가 출발해 바람이 불 때면 수건이라도 덮어야 했다. 다이빙은 신세계였다.
'물속에 온 것을 환영해!'
집으로 날아온 카드 모양에 오픈 워터 인정증.
'OPEN WATER'라는 단어가 마음에 들었다.
아무것도 모른 채 다음 해 국내 바다에 도전을 했다.

열감에 현기증이 날 정도 무거운 8월.
필리핀과는 다르게 물속은 차가웠다. 바다는 한 계절이 늦다
고 했다. 한 탱크를 마치고 나오지 더 이상 지상이 덥지가 않
았다. 그렇게 차가운 여름과 바꾼 두 번째 인정은 어드밴스드.
좀 고수가 되었다. (그때는 정말 그런 줄 알았다.)

엄동설한을 피해 또 보홀로 향했다.
그야말로 따뜻한 겨울이었다. 다른 바다도 궁금했다. 돈을 다
쏟아붓고 싶을 만큼 사랑스러운 취미가 생겼다. 스쿠버 다이
빙과 사랑에 빠졌다. 나만의 시선과 호흡이 좋았다.
누구나 같은 경험을 하지만 모두가 다른 경험을 한다는 것을
비로소 깨닫는 순간이었다. 모두가 똑같이 초등학교, 중학교,
고등학교에서 같은 교과과정으로 배움을 경험해도 다른 대학

에 진학하는 것처럼, 똑같이 입수를 해도 각자가 보고 경험하는 바다는 같을 수 없다는 삶을 이치 같은 것 말이다.

몇 년 뒤 퇴사 후 한 달 가까이 다이빙 여행을 하고 그 이후 스쿠버다이빙 관련 회사에 입사하고 스쿠버 다이빙 강사가 되었다. 다만 생명과 직결될 수 있는 안전이 매우 중요한 레포츠로 누군가의 선생님이 된다는 것에 큰 부담을 느끼면서 가르치는 일보단 관객으로 남는 쪽을 선택했지만.

나를 조금 알게 되었다.
나는 산보다 바다를 좋아하는 사람이구나.
나는 쪼꼬미(micro) 바다 생물 친구들을 만나는 걸 좋아하는 사람이구나.
나는 수중에서 수면 위를 바라보며 쏟아지는 햇살을 좋아하는 사람이구나.

좋아하는 '장면'들이 생겨났다.
아, 바다에 또 가고 싶다.
나에게도 좋아하는 것이 생겼다.

우아한 백조의 발재간

"팀장님. 우리 되게 노력해~ 백조 봐라. 우아해 보이지? 아니야~ 걔네 쉼 없이 움직이는 거 알지. 우리도 정말 쉼 없이 움직여~"

실장님은 격양된 듯 높아진 톤으로 통화를 이어나가시다 잠시 뒤 수화기를 내려놨다. 거래처에서 아니꼬운 소리를 한 모양이다. 그렇게 통화가 끝나고도 한참을 억울해 하셨다. 어떤 말을 들으신 걸까.
내가 할 수 있는 건 그저 속으로 '그러게. 우리 진짜 노력하는

데…. 지들이 뭘 안다고'라고 속으로 맞장구를 치는 것뿐이었
다. 그러다 엉뚱한 데에 생각이 꽂혀 버렸다. 백조 비유를 듣
고는 한 번도 궁금했던 적 없는 백조의 유영이 자꾸만 머릿속
을 맴도는 것이었다.

고양이 발 젤리가 궁금해서 투명 해먹을 설치했던 어느 날처
럼. 헤엄치는 물속을 한 번도 본 적은 없지만 움직이고 있는
중이라면 그의 두 발은 분명 가만히 있지 않을 것이다. 첨벙첨
벙 전진하기 위해 열심일 거라는 합리적인 추측만으로는 부족
해 유튜브에 '백조의 유영'을 기어코 검색해 봤지만 피겨스케
이팅 선수 유영의 아름다운 영상만 나올 뿐 상상한 장면은 찾
을 수 없었다.

보이지 않는 것에 대한 상념. 군대 간 연예인 전역은 유독 빠
르게 느껴진다. 또 남의 애는 빨리 큰다. 언제 세상 빛을 보나
했던 아기가 벌써 돌이란다. 공평하게 주어진 시간이 분명한
데 때로는 남의 시간은 유독 빨리 간 듯 느껴진다.

노력도 마찬가지인 건가? 누군가는 언제 그렇게 노력했는지
모르겠는데 뭘 했다고 훌쩍 커져있고, 딴에 애쓴 내 노력은 어

전히 제 자리 걸음인 듯 느껴질 땐 억울하기까지 하다. 남의 노력을 함부로 재단할 순 없다지만 내 노력은 늘 남의 앞에만 서면 작아진다. 절대 물리량은 비교 할 수 없지만 한 가지 확실한 건 누군가나 나나 전진하기 위해 쉼 없이 첨벙거렸을 거라는 거다. 모두가 그러하니 흐르는 인생에서 적당한 노력이 제자리임은 어쩌면 당연한 건지도 모르겠다. 게다가 남들도 다 하는 노력이라면 더더욱. 숨쉬기 운동 같은 노력은 누구나가 다 하는 살기 위한 백조의 유영과 같을 뿐이다.

사람이 찾든 찾지 않던, 석회 동굴 속엔 시간의 노력이 석순을 종유석을 석주를 만든다고 한다. 우아한 백조도 그저 우리가 알고 있는 건 수면 위 모습인 것처럼, 그의 발은 보이지 않은 곳에서 얼마나 애를 쓰는가.

노력은 보이지 않는 게 당연하다.
티가 나지 않는 게 당연하다.
찰나로 보이는 시간일지라도 나를 위해 꾸준했다면
단순한 물장구는 아니었음을.
그 시간이 모이고 모여 바위를 뚫을 수도 있다는 것을!

청소할 때 듣는 음악

"제발 우리 집에 와줘, 우렁 각시야!
동화 속에만 있는 존재가 아니라면 말이야."

세상에서 제일 어려운 한 가지, 청소.
날 잡고 시작한 청소는 조금 깨끗해진 집과 뿌듯함을 주지만
며칠이 가질 못한다. 주말이면 어김없이 밀린 청소로 하루가
흘러간다. 주말에 외부에서 행사라도 있는 날엔 집은 돼지우
리 예약이다.
문득 청소를 제대로 배운 적이 없다는 생각이 머릿속을 스친

다. 무엇이든지 배워야 제대로 할 수 있다는 생각에 갑자기 청소를 배워야겠다는 생각이 들었다. 사람이 관심이 생기면 그런 것만 보인다더니 마침 '정리수납 전문가' 과정이 눈에 들어왔다.

'이런 자격증도 있었구나.'

아무튼 청소와 뭔가 달라는 보였지만, 청소든 정리든 아무래도 좋다. 그냥 잘 할 수 있게 된다면 더 이상 돼지우리에 살지 않아도 된다. 인생이 달라질 것만 같은 기대감에 바로 수업을 듣기로 결심했다.

기다리던 첫 수업. 세상 초롱초롱한 눈빛을 장착하고 수업에 임했다. 그냥 내 집 좀 잘 치우겠다고 찾아간 수업에서 이게 웬 떡인가. 요즘 고수익에 요즘 뜨는 직업군이란다. 왠지 모를 창업 욕구도 솟구쳤다. '집도 깨끗해지고 또 열심히 공부해서 자격증도 따고 와 창업도 하면~'이라는 들뜬 꿈으로 첫 수업은 금방 끝이 났다.

이론은 어렵지 않았다. 바로 문제점도 찾을 수 있었다. 70%만 채워야 하는 공간을 100%을 넘어서 150%, 200% 채우고 사는 것이 문제였다. 무언가 채우기 위해선 비움이 먼저 이루어져야 하는데 그저 채우기만 바빴던 것이다.

첫 번째 숙제인 신발장 Before ◐ After를 완성했다. 버릴 신발이 많지 않아 수월했다. 그리고 옷장, 주방 등 순차적으로 숙제에 임해야 했다. 의욕에 가득 차 가득 채운 찬장에서 그릇을 꺼내긴 했는데 막상 버리자니 아깝고 둘 곳도 마땅치 않았다. 다시 원래대로 집어넣었다. 실패였다.

비움이 쉽지 않았다. 옷장도 마찬가지였다. 만원 지하철이 따로 없는 우리 집 옷장. 70%만 채운 채로 깔 맞춤을 하는 건 사치였다. 이것도 이미 몇 차례 비움을 거친 나름 숙고가 있던 옷장이었다. 또 실패다. 제시간에 숙제를 제출할 수가 없었다. 연이은 실패에 처음 창업을 하리라는 열망은 금세 꺼지고 그래도 '완강이라도 해서 자격증을 취득하자'로 방향을 틀었다. 하지만 이런저런 핑계들로 도망쳤고, 결국 중도 하차를 했다. 그렇다고 청소를 하지 않고 살 수는 없는 노릇이었다. 그곳에서 배운 '비우고', '정리하고', '유지' 하는 것이 여전히 나에겐 힘이 든다. 그렇다고 보고 있노라면 한숨이 먼저 나오는 한껏 어질러진 집을 그대로 둘 수는 없는 노릇이다. 치워야지.

'노동요'라도 들으면 힘이 나겠란 생각에 유튜브를 켰다. 나와 비슷한 생각을 하는 사람이 많은가보다. 청소를 할 때 듣는 음악 시리즈들이 있었다. 그렇게 나만의 청소 루틴을 만들었다. 청소할 곳이 남아도 그 음악이 끝나면 청소를 멈췄다. 특별한 방법은 없었다. 순차적으로 무엇을 해야겠다는 계획도 없었다. 그냥 '끝'을 낸다는 약속만 있었다.

못하는 것에 지나치게 노력하지 않기로 했다. 음악이 끝난다고 해서 집이 깨끗해지지 않은 날도 분명 있었다. 그래도 한껏 차오른 스트레스에 다 버려버리고 싶다는 욕구는 좀 줄었다.

청소가 필요한 날엔 어김없이 음악을 켠다. 이제는 노래를 들으면 몸이 먼저 반응한다. 새로운 습관이라 루틴이 거창할 필요는 없다. 어떠한 한 가지 약속만 있어도 충분하다. 내가 가장 자신 없는 청소에 '끝'이라는 약속을 준 것처럼 말이다.

잠시 멈춤, 비상등 켜고!

완벽할 수 없다는 걸 좀 더 빨리 깨달았다면

"당신은 게으른 사람이 아니라, 굉장히 잘하고 싶은 사람입니다."

《게으른 완벽주의자를 위한 심리학》이라는 책 표지 한가운데 있는 문장이다.

제목을 보곤 보자마자 "난데?" 라며 웃음이 났다. 그리고 책 표지 문장을 마주한 순간 알 수 없는 무한 루프에 갇힌 기분이었다. 모순된 문장임이 분명인데 너무 공감됐다.

책날개 뒤쪽에는 있는 10개의 미루기 습관 체크 리스트 문항은 더 심했다.

'그렇다'라는 답변이 4개 이상이면 미루기는 문제가 되는 수준일 수 있다'라고 이야기하는데 과연 4개 미만인 사람이 있긴할까?라는 생각이 들었다.

해야 할 일이 중요하다는 사실을 알면서도 미루는가?
일을 너무 오래 미뤄 불필요한 스트레스를 받는가?
금방 끝날 간단한 일을 쓸데없이 오래 미루는가?
어떤 활동이나 과업을 더 빨리 시작했다면 지금 자신의 삶이 더 나아졌으리라 생각하는가?
"Yes⋯."
4개의 문항에 긍정을 표시하는 건 너무 쉬웠다.
이건 책을 팔기 위한 출판사의 전략이라는 확신이 들었다.

완벽해야 '완벽주의'지.
오랜 시간 완벽주 성향을 부정했다. 완벽주의라면 최소 전문직에 종사해야 할 것만 같았고 자기관리도 완벽해서 몸매도 좋아야 할 것만 같았다. 둘 중 어느 것 하나 해당하지 않는 내가 그런 성향이라는 걸 인정하는 게 어려웠다. 결국 인정하고 조금… 편해지긴 했지만.

《게으른 완벽주의자를 위한 심리학》이라니! 나를 위한 책임이
분명했다. 이 책에선 미루는 습관은 대부분의 정신 건강 문제
에서 나타나는 증상이라고 했다. 자책으로 얼룩진 지난 시간
에 큰 위로가 되었다. 이 책은 심리적인 원인(ADHD, 우울증,
불안장애, 낮은 자존감과 자신감, 완벽주의, 가면 증후군) 별
로 솔루션을 제공하고 있다. 나와 같은 성향으로 힘든 분이 계
신다면 아마 도움이 될 것이다.

3년 전 개설만 해두었던 유튜브에 드디어 영상 하나를 올렸다.
나중에 유명이라도 해지면 '유튜버 N년차!'에 한 해라도 경력
이 길어 보이고 싶어 12월 어느 날, 매우 충동적으로 말이다.
"시작만 창대하고 끝은 미약한 나란 사람이여!"

그때까지만 하더라도 주 1회 업로드는 당연하다고 생각했다.
점점 업로드 횟수가 줄더니 수개월째 방치가 되었다. 이제는
무언가를 올리기도 민망하다. 시작은 충동적으로, 지속은 안
드로메다로. 항상 끈기가 부족했다. 열정으로 화르르 타올랐

다가 이 핑계 저 핑계로 도망을 친다. 이것은 그저 하나의 예일 뿐이다.

완벽은 환상이라는 걸 알면서도 완벽할 수 없어 시도조차 하지 않는 비겁한 삶의 연속. 주체적이지 못하다며 스스로 비난했다. 유통기한이 지난 크리스마스 케이크처럼 하잘것없었다. 언젠가부턴 '지키지 못할 바엔 해버리지 않는, 계획조차 세우지 않는' 삶을 선택했다.

책에선 계획부터 세우라던데. 지도는 펼쳤는데 나침반을 잃어버렸다. 어디로 가야 할지 알 수 없었다. 내 삶은 망망대해. 그렇다고 언제까지 헤매고만 있을 수는 없는 노릇이다. 남들이 해보는 거 안 해보는 거 다 해보다 보면 알겠지.

나란 사람을.
너란 사람도.
우린 할 수 있을거야.

할 거면 철인 3종 경기

가만히 서 있어도 땀이 주르륵 나는 계절이 반가울 리 없다. 지금은 겨울엔 전기장판으로 여름엔 에어컨으로 도망치는 시대이지만 어린 시절 여름은 도망칠 곳이 마땅치 않았다. 선풍기에만 의지해야 했던 교실은 책상 위 프린트된 종이들이 날아다녔다.

어하튼 땀을 흘리는 게 싫었다. 뜨거운 태양에 송골송골 맺히는 땀방울을 닦는다. 움직임으로 몸을 예열하면 그것은 가속화된다. 여름을 싫어하게 된 건 어린 시절 땡볕 속에 운동회

꽃인지 뭔지 모를 부채춤 연습이 한몫했던 것 같다.

고등학생 시절, 고작 10분밖에 되지 않는 쉬는 시간에 밖으로 뛰쳐나가 농구를 하는 남자애들이 이해되지 않았다. 야간 자율 학습 시간 전, 땀을 흠뻑 흘리고 와서는 선풍기를 독차지하는 이기적임이 이해가 되지 않았다. 그 시절 그런 그들의 움직임을 이해했다면, 지금 나의 허벅지 두께가 조금은 달라지지 않았을까 추측해 본다.

운동은 나와 다른 차원의 세계였다. 운동을 하지 않아도 날씬했던 어린 시절. 다이어트도 이해할 수 없기는 마찬가지였다. 성인이 되어 이제 더 이상 날씬하지 않다는 걸 인지했을 때도, 스스로 땀을 낸다는 것은 남 얘기였다. 외모를 쫓는 건 한심한 일이라고 철없이 생각했다. 지금의 남편을 만나기 전까진 그랬다.

연애 첫해 함께 맞이한 겨울, 그에게 스노우보드를 배웠다. 추우니까 땀과는 별개일 거란 무지한 생각이었다. 얼굴은 차가웠지만 몸은 열이 났다.

다음 해엔 미리 1주년 선물이라고 자전거를 사주었다. 어른이 되어 만난 작은 자전거, 미니 스프린터. 1주년이 되려면 매우 멀었던 시점이었는데 땀 흘리는 걸 싫어하는 게으름을 일깨우기 위한 계략이었을까, 운동을 향한 남자 사람의 본능일까.
어린 시절 밟았던 자전거 페달과는 느낌이 달랐다. 밟는 대로 밟히는 무게감과 바람을 가르는 느낌이 좋았다. 그렇게 싫어했던 여름에 싫어한다고만 여겼던 운동을 하게 되었다.

남자 친구와 라이딩은 재미있었지만 나의 귀여운 스프린터와 로드 자전거의 바퀴 지름의 차이는 넘을 수 없는 벽이었다. 1년을 채우지 못하고 로드 자전거로 바꾸었다. 처음 아스팔트 도로 위를 달리던 날, 홈쇼핑 화장품 광고에서만 들을 법한 쫙쫙 붙는 쫀쫀한 느낌, 아스팔트 도로와 타이어의 궁합은 잊을 수가 없다.

누구보다 땀 흘리기 싫어했던 내가 철인 3종 경기라도 나갈 기세로 운동을 좋아하게 되었다. 운동으로 체력이 좋아지고 자연스레 살도 빠지게 되니 이 타이밍을 놓치고 싶지 않았다. 평일엔 수영, 주말엔 자전거, 새벽엔 공복 유산소까지 했다. 하루라도 근육통이 없으면 불안해하는 지경이 되었다. 운동을 하지 않은 날엔 찌뿌둥한 몸에 견딜 수 없어지는 경험도 한다. 그제야 몸 관리를 한다는 건 외모를 쫓는 행위에 국한되어 있는 게 아니라는 걸 깨달았다. 다이어트는 살 빼기라는 잘못된 상식이었다.

도전이 하고 싶어졌다. 그러나 실제로 찾아본 '철인 3종 경기' 국제 기준은 당장 소화할 수 있는 수치가 아니었다. 왜 그들을 '괴수'라고 부르는지 몸소 느껴졌다. 마라톤을 해본 적이 있긴 하나 그럼 바다 수영은? 마찬가지였다. 수영이 빠진 듀애슬론이라든가 자전거가 빠진 아쿠아슬론 등 다양한 형태가 있었다. 꼭 이런 규모의 대회가 아니더라도 자전거나 아마추어 수영 대회도 많았다. 그들은 운동에 진심인 사람들이었다.

그러나 결혼으로 인해 대회 참여는 자연스레 잊혔다. 또다른 핑계를 대자면 입상은 커녕 완주할 자신조차 없었던 게 본래 이유긴 하지만....

'5km 짜리 마라톤이라도 나가 볼걸.'

해내지 못할 거라는 이유로 도망친 운동에 대한 딱 그만큼의
마음가짐.

'그거 아니? 너 10년 뒤에도 도망친다?'
도망만 치는 10년 전 나에게 이렇게 말해주고 싶다.

"완주 못 하는 게 대수니?
잘했어. 도전하는 너,
야 너 정말 멋지다!"

가수라도 될걸 그랬어

잘하는 것과 좋아하는 것은 일치하지 않는다. 나에겐 노래가 그랬다. 닭 목을 먹으면 노래를 잘 부를 수 있다고 했다. 누가 그랬는지 사실은 알 수 없지만 어린 시절부터 쭉 치킨의 목은 항상 내 차지다. 그런데 지금의 나를 보고 있노라면 그 말은 사실이 아니었다. 비인기 종목 '목'살을 누군가 먹게 하기 위한 낭설인 것 같다.

어렸을 땐 피아노를 치면서 노래하는 걸 좋아했다. 피아노 소리에 묻혀 귀에 잘 닿지 않는 목소리와 어우러짐은 흥을 돋우는 데 제격이다. 어릴 땐 교회 반주자로 피아노 앞에 주 1회 앉았다. 그래도 꾸준히 하니 까먹진 않았는데…. 그마저도 성인이 되어선 그만두었다.

노래도 마찬가지였다. 연말 행사 회식용 트로트를 메들리를 하는 것도 코로나를 시작으로 끝이 났으니 벌써 몇 년 전 과거가 되어 버렸다. 이제는 그때만큼 고음이 올라가지 않는다. 언젠가부터 노래는 '부르는 것'이 아니라 '듣는 것'이 되어 있었다. '듣는 것'이 되고 나니 언젠가부터 소리 내는 게 부끄러워졌다. 여전히 노래가 '부르는 것'이었다면 가슴속 화가 조금은 표출이 되었을까?

가끔 "와! 정말 세상 좋아졌다"라고 말할 때가 있는데 '코인 노래방'이 그랬다.

"혼코노", "혼코노" 하길래 처음엔 일본어 인 줄 알았다. '혼'자 '코'인 '노'래방. 줄임말이었다. 노래는 마음만 먹으면 부르기 좀 더 쉬워진 세상이 되었다. 그런데도 그곳은 '젊은 친구들이 나 가는 곳 아닌가?'라는 생각에 선 뜻 용기가 나지 않았다.

갑자기 용기가 생긴 건 시원하게 올라가는 고음에 좋아서 어쩔 줄 모르겠다는 사랑스러운 아이유님의 〈내손을 잡아〉 콘

서트 영상을 보고서였다. 온몸으로 느껴지는 감정에 갑자기 빙의라도 된 듯 노래방에 가고 싶어졌다.

몇 날을 벼루다 처음 코인 노래방엘 갔다. 어린 시절엔 오락실 한편에 몇 대가 전부였는데 요즘엔 전 실이 작은 방음 시설에 동전을 넣는 노래방 기계가 있는 형태로 바뀌어 있었다. 예전에 어떻게 30분, 한 시간씩 노래를 부른 건지. 3곡을 부르고 나니 목이 아팠다. 천 원의 행복이었다.

코인 노래방은 일탈이었다. 여전히 용기를 내지 않으면 갈 일이 없다. 누군가 함께 가자고 한다면 한 번은 더 가 볼 텐데…. 불러주는 사람이 없다. 그래서 다들 '혼'코노 인가 보다.

갑자기 도파민이 요동을 친다.
노래를 배워 볼까?
또 배움 충동이 휘몰아친다.

신이 주시지 않은 재능

꽃다운 20대 어느 날, 엄마는 세 살 터울 여동생과 나를 앉혀 놓고 말씀하셨다. 엄마는 우리를 가르치며 교수님이 되고 싶었던 것일까? 이번 주말부터 신부 수업을 하서야겠다고 했다.

"네? 갑자기요?"
언젠가 너희들도 결혼이란 걸 할 텐데 시집가서 남편 밥이라도 차려주려면 요리는 필수니 요리 비법을 전수하겠노라 하셨다.
"요리 잘하면 시집살이할걸? 난 그런 거 필요 없어."

그 무렵 나는 이토록 철이 없었다. 미래의 나는 이토록 모자랐던 그때의 나에게 아무런 메시지를 보내주지 않았던 것일까. 인터스텔라처럼 책장 뒤에서 "그 입 다물라!"라고 외쳐주었다면, 그 말을 듣고 착실히 신부 수업에 임했을 텐데. 조금 더 나은 요리 스킬을 장착해서 더욱 사랑받는 아내가 되었을 텐데….

아무튼 그런 나의 망언 덕분이었을까, 수강 신청도 없이 시작된 엄마의 야심찬 요리 수업은 말씀하신 그 주 주말에 바로 개강을 했으나 한 달을 채 넘기지 못하고 종강 되었다. 그렇게 나는 제대로 요리 배우지 못한 채 결혼을 하게 되었다.

한때는 이대로 가족을 굶길 순 없다는 사명감에 요리 서적을 구매해 보기도 했다. 간장, 고추장으로 하는 간편 요리, 2,000원으로 하는 반찬, 쉬워 보이는 키워드에 이끌려 손에 집어 든 책이었다. 고추장 하나, 천 원짜리 두 장의 마법이라니 이 어찌 지나칠 수 있겠는가.

무슨 패기였을까. 펼쳐 보지도 않고 구매한 건 내 실수였다. 책은 매우 간편, 친절했지만 요리 초보자에겐 이 단순한 레시피도 넘을 수 없는 산처럼 느껴졌다. 그래도 샀으니 성공해 보이겠다는 간절함은 반찬 몇 개를 완성 해내는 쾌거를 이뤄냈다. 하지만 사느라 고생, 만드느라 고생, 버리느라 고생. 그렇게 고생 삼종 세트 사이클이 반복되고서야 깨달았다. 신은 공평하다는 데, 어디에 재능을 부어 주신 건진 잘 모르겠지만 한 가지 확실한 건 나의 요리 능력치는 빼두셨다는 것. 그렇게 부엌과는 멀어지고 요리와도 담을 쌓았다.

대한민국 국민이라면 누구나 누릴 수 있는 여러 혜택 중 '내일 배움 카드'라는 게 있다. 저렴한 가격으로 직무 능력 등을 향상 또는 새로운 배움 등을 위해 일정 출석률을 유지하고 무사히 수료를 하면 일부 수강료를 지원해 주는 카드이다.
몇 년 전 위기 업종 종사자로 분류된 나는 내일 배움 카드를 통해 일부 수업을 무료로 들을 수 있는 기회가 생겼다. 심사숙고하며 들을 만한 수업을 찾았다. 그중 내 마음에 이끄는 것이 있었으니 그것은 〈한식 조리 기능사〉자격증 교육. 바로 요리였다.

'그래 내가 요리를 안 해서 그렇지 또 알아? 막상 해보면 요리 신동일지도?'

신이 주신 기회였다. 수업을 듣기로 했다. 첫 수업은 재료 썰기. 오이, 무, 당근, 달걀을 예쁘게 썰어내면 되는 것이었다. 잘 썰면 된다. 머릿속은 '촥촥촥' 소리와 함께 예쁘게 썰어 가나는 야채들이었는데, 현실은 칼 잡는 것부터 시작이었다.

우여곡절 끝에 어쨌든 결과물을 만들어냈다. 갈 곳 잃은 듯 우왕좌왕 중구난방인 오이, 무, 당근 친구들은 그나마 형편이 나았다. 이날 처음 달걀을 얇게 부쳐봤는데 흰자를 뒤집다가 그만 찢어져 버렸다. 그 바람에 정해진 규격에 맞는 길이감과 수량에 턱없이 부족한 초라한 흰색 지단을 완성해냈다. 내 흰색 계란 개수가 제일 적었다. 가장 쉬울지 모를 첫날부터 패전 용사가 되었다.

그래도 시간은 흘렀다. 2주 차, 3주 차, 쭉 실기 때 수행해야 하는 많은 요리들을 배워나갔다. 처음으로 생선 손질을 한 날은 그 미끄덩한 감촉에 역시 생선은 사 먹어야지 다짐을 하게 되는 계기가 되었다. 자격증에 대한 갈망은 잊은지 오래다. 겨우 수료 기준을 넘기 위해 꾸역꾸역 최소 출석 일을 채우며 발걸음은 점점 무거웠다.

'홍시 맛이 난다 하여 홍시 맛이 난다고 하였는데, 왜 홍시 맛이 나냐고 하시면…' 이라고 외칠 준비를 하던 내 안의 가녀린 장금이는 대사를 칠 겨를도 없이 사라져버렸다.

해당 수업은 기능이 주된 평가 과제이므로 맛보단 모양을 내는 게 중요했다. 버려도 되지 않아도 될 듯 보이는 두부 틀 모양을 잘라내고, 높이를 맞추기 위해 야채를 잘랐다. 매주 수업을 마치고 내 손으로 완성해낸 요리를 집에 들고 왔지만 '맛'과는 거리가 멀었던 완성품은 입으로 들어가기보단 냉장고에 자리를 지키다 이내 음식물 쓰레기통으로 향하는 날이 많았다. 그래도 다행인 건 반복된 수업으로 높았던 요리와의 장벽은 허물어졌고 기본 갖은양념이라는 개념은 익히게 되어 레시피를 볼 줄 알게 되었다. 제일 큰 수확은 칼질을 할 줄 알게 되었다는 거다.

비로소 깨닫는다.
어느 날 갑자기 잘하게 되는 건 없다. 사소해 보이는 칼질이라 할지라도 처음이라면 연습과 반복이 필요했다. 내 머릿속에 떠다니는 셰프님들처럼 '촥촥촥~'을 하려면 지금도 멀었다. 무언가 남들이 보기에도 잘 하는 것처럼 보인다면 그만큼의 시간을 투자했다는 것이다.

그래도 철없는 내 안의 장금이는 이렇게 외친다.
"내가 안 해서 그렇지. 하면 대장금이 되는 줄 알았지!"

무두질 장인이 되고 싶었다

'내일 배움 카드'가 만들어낸 또 하나의 시련 아니, 작품이 있었다. 그렇다 할 손재주가 없는 나로선 상상조차 해본 적 없는 취미였다.

남편은 욕망이 적은 편인데 그런 그가 유일하게 배우고 싶어 하는 게 있었으니 바로 '가죽 공예'였다. 그러나 비용 장벽 앞에서 도전을 미룰 수밖에 없었다. 하지만 나는 램프의 요정 지니는 아니지만 소원을 들어주고 싶은 마음만은 간절했다. 그런 연유로 시작된 또다른 배움을 시작했다.

"잘 배워 전수해 주겠노라!"

호언장담했다. 가죽 공예 수업은 요리처럼 무료 강좌는 아니었다. '위기 업종 종사자'인 덕분에 다른 학생들보다 지원금이 좀 더 나오긴 하지만 백수가 되어 버린 나에겐 이마저도 은근히 부담이었다. 그래도 자부담으로 배울 때 비용과 비교했을 땐 이 또한 하늘이 주신 기회가 틀림없었다.

배워서 전수해야 한다는 사명감은 충분한 동기부여였다. 똥손인 나에게 가죽 공예는 무모한 도전이라는 걸 시작을 하고서야 깨달았다. 가죽 공예의 꽃은 '바느질'이었으니….

바야흐로 어느 더운 여름날, 코로나가 창궐하여 2인용 테이블을 혼자 차지하던 시기였다. 자욱한 가죽 냄새와 긴장한 채 굴리는 눈들이 가득한 교실엔 나와 비슷한 사유로 온 사람들이 많았다. 각자의 사정은 뒤로한 채 작게 잘린 가죽과 실, 그리고 바늘 두 개가 우리를 기다리고 있었다.

시작은 이론부터였다. 뇌에 산소 공급량이 떨어져 하품이 연신 나올 때쯤이 되어서야 이론 수업은 끝이 났다. 준비할 겨를도 없이 바로 실전에 들어갔다. 유튜브라도 보고 오면 나았을

려나. 갈 곳을 잃은 듯 어색했던 두 손은 선생님의 말씀을 듣고 겨우 평온함을 찾았다.

제일 먼저 알맞게 잘린 가죽에 바늘이 지나갈 길을 그려준다. 그 길을 바늘이 지나갈 수 있게 그리프(Griffe)로 구멍을 내고 바느질로 멋지게 왔다 갔다가 해주면 끝이다. 그런데 바느질만 하면 가죽이 잘 붙어있을 리가 없지, 본드도 빠질 수가 없다. 바느질을 시작 하기 전 두 장의 가죽을 본드로 붙여 고정해준다. 그 후 그려둔 바늘 길 자리를 그리프와 망치를 이용해 구멍을 낸다.

제일 처음 본드를 사용했을 땐 왠지 모를 배신감이 들었다. 사실 본드로만 붙이면 멋이 없으니 바느질로 장식만 해주는 기분이었달까. 여하튼 실을 골라 꿰매어 주면 된다.
내 손에 들린 두 개의 바늘은 어색하게 서로를 교차한다. 몇 번을 반복하다 보니 완성됐다. 그것은 '바늘집'이었다. 매번 결과물이 있으니 재밌었다.

망치질을 하고 있노라니 왠지 장인이 된 듯한 기분마저 들기도 했다. 예전에 한창 했던 게임에서 가죽 기술을 배우려면 '무두질'이 필수였는데 현실에서 그런 건 필요 없었다. 동물의 원피를 보는 건 교실 안에서 망치질과 바느질을 하는 우리에게는 주어지지 않았다. '무두질 장인' 같은 건 '가죽 공예'에 대해 하나도 모르던 내가 만들어낸 환상이었다.

뼛속 사무직이 내가 모니터 이외에 다른 무언가 뚫어져라 본 건 가죽이 처음인 듯했다. 백수가 되고 '뭘 해 먹고 사나, 여긴 어디, 나는 누구?' 이런 생각으로 머릿속이 가득 차 복잡하고 우울했는데 여기 특효약이 있었다. 온전히 집중한 채 마음에 드는 실을 골라 두 개의 바늘을 오케스트라 지휘자라도 된 양 연신 교차하며 춤을 추고 있노라면 세상 모든 근심 걱정을 잊게 되었다. 목덜미가 뻐근해져서 고개를 들 때쯤에서야 시간이 한참 흘렀다는 사실을 깨닫곤 했다.

'언제 이렇게 집중을 해봤지?'
물속에서 내 호흡 소리에 가만히 귀 기울인 다이빙에 빠져 지내던 날 이후 처음이었다. 요즘은 폰을 품에 끼고 연신 보기만 바빴지 '집중'이라는 걸 도통 해본 적이 없었다. 이런 집중하는 기분은 살아있음을 느끼게 해주었다. 스스로 손재주가 없다고 생각했는데 완성된 결과물은 제법 정교하고 그럴싸했다. 점점 자신감이란 게 생겼다.

그 무렵 인터넷에선 자동차 키 케이스니 작은 교통카드니 가죽 소품을 파는 인터넷 쇼핑몰들이 적잖이 눈에 띄었는데 원가에 대해 눈을 뜨니 산 적 도 없지만 왠지 배가 아팠고, 나도 할 수 있을 것만 같았다. 해당 과정을 마치고 바로 심화 과정에 등록했다. 심화 과정에서는 가방을 만드는 것까지 배울 수 있었다. 남편에게 전수해 주겠노라 시작한 순수한 사명감에서 '어디 한번 나도 스마트 스토어 열어볼까?'란 마음으로 발전했다.

첫 번째 과정에서 느낀 제법 정교해 그럴싸하다란 자만심은 다루는 가죽과 패턴이 점차 어려워지면서 서서히 옅어졌다. 보는 눈이 높아지면서 꿈의 '스마트 스토어'는 멀어졌다. 어디까지나 취미지 상품으로서 내놓기엔 가치가 떨어졌다.

무식하면서 용감했다. 이걸 '더닝-크루거 효과'라고 하는데 잘못된 결과에 도달하더라도 능력이 없기 때문에 실수를 알아차리지 못하는 현상이다. 무식하면 용감하다고, 그동안 자주 우매함의 봉우리에 서 있었고, 절망의 계곡에서 헤엄을 치면 쳤지 깨달음의 오르막을 오를 생각을 하지 않았다. '3년을 버틸 자신이 없다면 나와 맞지 않음을 빠르게 깨닫고 후퇴하는 것도 지혜다'라는 건 여러 시도 끝에 알 수 있었다.

사명감에서 시작된 가죽 공예는 스마트 스토어 파워 셀러라는 꿈을 잠시 주었다. 비록 스마트 스토어는 열 수 없었지만 또다른 깨달음을 얻었다.

몇 번 해보지 않은 일이 막 천직 같고,
뭔가가 내가 되게 잘난 것 같아!
그런 자신감이 타오를 때를 또한 경계하는 걸로.

알고 보니 헬스 체질?

나는 10kg 이상 감량을 두 번 해본 다이어트 경력자이다. 그런데 요망한 스트레스라는 녀석은 나를 또 살찌게 만들어 다시 다이어트 지망생이 되었다. 요즘은 세 번째 다이어트 중이다. 운동이 시작은 어렵지만 다행인 건 일정 수준 이상 시점이 되면 중독 증상이 생긴다.

"과장님 정말 60kg가 넘어? 어떻게 여자가 60kg가 넘어~"
수치심과 복수심 어느 중간쯤의 마음으로 두 번째 다이어트가 시작되었다. 비웃는 표정과 말투가 여전히 생생하다. 무례하기 짝이 없었던 그 말이었다.

"그 말 굉장히 실례에요."

겨우 애써 입 밖으로 뱉은 불편감의 표시에 돌아온 그의 제스 처는 웃음이었다. 그런데 농담이란다. 사과했으면 되지 않았 나고 했다. 난 사과받지 못하는 옹졸한 사람이 되어 있었다.

난생처음 PT(퍼스널 트레이닝)와 함께 반년에 거쳐 최고로 건 강한 몸 상태로 만들었다. 매우 성공적이었다. 그러나 가슴 한 편에 불안과 비교 본능이 시작되었다.

'다시 살이 찌면 어쩌지?'

재미는 있었지만 운동을 늘리지도, 줄이지도, 식사를 늘리지 도, 줄이지도 못했다. 운동을 늘리면 몸이야 더 좋아지겠지만 운동이 줄였을 때 부풀어 오를 내 몸을 감당할 자신이 없었다. 운동을 줄이면 꾸역꾸역 차오를 지방이 두려웠다. 식사도 마 찬가지였다. 몸도 마음도 건강해졌는 줄만 알았는데 마음 한 편이 곪아가고 있었다.

또 다른 목표가 필요했다. '언젠간 써먹긴 하겠지'라고 합리화 시키며 무작정 생활 스포츠 지도사 2급에 도전하기로 했다.

시험은 두 달도 채 남지 않았기 때문에 이것저것 재고 따지고 할 겨를이 없었다. 책 한 권을 사서 무작정 시작을 했다. 꼭 붙고싶은 마음에 시험을 준비중이라고 SNS에 올려버렸다. 광야의 약속이 되었다.

결과는 다행히 '합격'이었다. 당당히 합격을 했으니 실기 시험을 준비해야 했는데, 필기를 붙고 나니 막상 자격증에는 큰 욕심이 나지 않았다. 내가 생활 체육 지도사를 공부하면서 곪았던 마음이 치유되었기 때문이다.

5개 과목 중 '스포츠 심리학'을 선택했다. 벼락치기가 어려워보이는 '이과형' 과목 두 개를 제외하니 나머지가 자연스레 결정되었다. '스포츠 심리학'을 공부하면서 내가 운동을 즐기게 된 이유, 과정, 희열, 쾌감 등이 자연스레 이해되었다. 마치 〈인간 운동시키기 프로젝트〉 매뉴얼처럼 당연했다.

나의 두 번째 다이어트의 시작!
"네가 뭔데 나한테 외모 지적질이냐고."

'외적 동기'란 개인의 내면이 아닌 외부로부터 발생하는 동기를 말한다. 운동뿐만 아니라 많은 행동 패턴이 '외적 동기'로만 움직여왔다. 10kg로 이상 감량을 해버리니 목표가 사라지면서 내 '당근'이 사라졌다. 또 다른 외적 동기인 시험 합격이 필요했던 것이다. 실기 시험을 준비하려고 보니 여전히 지방 가득한 내 몸이 '보디빌딩' 과목에 응시하는 게 적합하지 않다고 느껴졌다.

운동을 숙제처럼 느끼지 않고 습관으로 녹이고 싶어졌다.
'아는 것이 힘'이 아니라 '실천하는 것이 힘'이다.
하자!
지금 나는 정반대 어딘가에 있지만
이 글이 책으로 나올 때쯤엔
세 번째 다이어트에 성공해 있길!

뻣뻣하고, 뻔뻔하고

헬스는 굉장히 재미있었다. 자고 일어나면 쭉쭉 빠져 있는 몸무게에 흥이 절로 났다. 하지만 그 무렵 나는 외도를 꿈꾼다.

필라테스 창시자는 남자분이라는데 학원을 알아보는 동안에도 남자 선생님은 한 명뿐이었다. 분명 헬스가 재미는 있는데, 왠지 가녀리고 아름다워 보이는 여성스러움 그 자체로 보이는 필라테스가 해보고 싶어졌다.

운동도 좀 해서 살도 뺐겠다. 유연성 제로인 나에게 새로운 자극을 주고 싶어졌다. 효과적인 유연성 증대는 득근에 도움이 될 거라는 알 수 없는 기대감 때문이었다.

통장에 모아두었던 돈도 얼마 남지 않았다. 운동에 더 돈을 투자한다는 건 미친 짓이었다. 심지어 필라테스는 퍼스널 트레이닝 보다 비쌌다. 내 철학(?)은 똥인지 된장인지 찍어 먹어봐야 안다고 잠깐의 고민 끝에 하는 걸로 마음을 먹었다. 유튜브에서 1:1이 좋은지 그룹이 좋은지 몇 가지 영상 끝에 1:1 유료 체험을 해보기로 했다. 3회 각각 다른 선생님께 배웠다.

첫 번째 학원, 첫 번째 선생님, 원장 선생님.
촬영된 내 몸은 틀어진 몸과 전반 경사 골반을 지니고 있었다. 예전부터 알고 있었기 때문에 이것은 놀랍지 않았다. 놀라웠던 건 그다음 이어지는 선생님의 대사였다.
"어머 몸이 물이시네요~"라고 해 맑게 웃어 주셨다. 나름 헬스로 기본은 다졌다고 생각했는데 오만이었다. 근육은 생존 근육만 있었을 뿐 빠르게 지방을 소진해 내느라 근육이 늘어 있을 리 없다. 특히 코어는 심각했다. 인바디 검사를 할 때도 수치상으로 그랬기 때문에 어느 정도 인지는 하고 있었지만, 물이라니…. 충격을 느낄 겨를도 없이 수업은 시작되었다.

필라테스 첫 경험은 지옥이었다. 한 시간, 아니 50분인 게 천만다행이었다. '와, 이걸 돈 주고 하다니!' 라고 머리는 이야기 했다. 하지만 하는 동안은 정말 죽을 맛이었는데 몸이 정말 개운했다. 다음 수업이 기대될 지경이었다. 유튜버들이 나와 맞는 선생님을 찾는 게 중요하다고 했다.

'3회 체험'을 각각 다른 선생님에게 수업을 받았다. 정말 선생님마다 스타일이 달랐다. 그렇게 3회 체험을 써버리곤 비싼 수업료 탓에 좀 더 저렴한 학원에서 '2회 체험' 수업을 더 해보리라 최종 결정을 미뤘다. 퍼스널 트레이닝을 열심히 받으면서 칭찬도 받고 체력도 늘었다고 생각했는데 이곳에서의 나는 겉뻣속킹(겉은 뻣뻣하고 속은 물컹한-방금 만든 신조어)이었다. 또는 나는 속은 물컹한 양철 로봇이었다.

5번의 체험만으로는 재미있는지 도움이 되는지 알 수 있을 리가 없었다. 돈 생각 말고 그나마 맘에 들었던 선생님께 10회권 등록을 하든 해야 했는데, 여기서 나는 큰 실수를 저질렀다. 돈이 없다는 이유로 그다지 맘에 들지도 않는 선생님의 그룹 수업을 신청하고 만 것이다. 대학교 수강 신청하듯 눈치 경쟁으로 수업 신청을 한다. 모르는 사람들과 어색하게 수업을 소화한다.

선생님이 돌아다니시며 검토를 해주셨지만 '검토'를 받는 동안에만 하나, 둘, 늘어진 초시계에 정신을 집중할 뿐 선생님이 자리를 이동함과 동시에 자세는 흐트러진다. 그룹 수업은 노력하지 않는 만큼 쉬웠고, 노력하는 만큼 어려웠다. 사시나무 떨리듯 보람찬 수업이 있는가 하면 처음 느꼈던 개운함이 하나도 없는 수업도 있었다. 돈을 냈으니 억지로 10회를 채웠다. 10회만 한 게 다행이라 느껴졌다. 필라테스는 포기하고 다시 헬스장으로 향했다.

'하던 거나 잘할걸.'
알 수 없는 기시감을 느꼈을 때 포기했어야 했다.

연기 중독입니다

꿈 따위는 모르겠고 벌고 싶다는 말이, '돈'이라는 명확한 꿈을 가진 당돌한 문장이 멋지게 보였다. 가식이란 조금도 찾아볼 수 없는 솔직하고 아름다운 본능이다.

나에게도 돈이 꿈이었던 적이 있다.
차비가 없어 한여름 땡볕에도 걸었어야 했던 그때,
가장 큰 사치는 800원 하는 편의점 봉지 커피였던 그때,
전공은 모르겠고 빨리 집을 떠나 돈 벌고 싶었던 그때.

그 꿈은 어른이 되면서 자연스럽게 이루어졌다. 대학을 마칠 때 즈음 4대 보험이 가입된 직장인 신분을 갖추었을 땐 목표를 이룬 듯 기뻤다. 과외비를 쪼개서 화장품 파우치나 살 때와는 차원이 다른 기쁨이었다. 목표를 이룬 듯 보였던 기쁨은 시간이 흐르면서 자연스레 사라졌다. 버는 돈은 '년차'가 쌓이면서 늘어났지만 사소한 기쁨을 망각한 채 점점 부품이 되고 있었다.

그즈음 제일 먼저 떠오른 건 잊고 있던 꿈이었다. 아이러니하게도 배 따시고 등 따시니 언제부터 잊혔는지 모를 그 녀석이 가장 먼저 수면 위로 올라왔다. 그렇게 나이 서른에 처음 성우학원에 가게 되었다. 나이 서른이면 어린 나이도 아닌데, 간절함이 없던 나는 뭘 해야 하는지도 모른 채 시간을 보냈다.

아무에게도 자랑할 순 없지만 그제야 제대로 '성우 지망생'이 된 게 뿌듯했다. 그러나 그 시간은 반년을 채우지도 못했다. 알 수 없는 건강 악화로 그 무렵 5년을 넘게 다닌 직장을 그만두었다. 일을 그만두면서 수입이 없어지니 학원비가 부담스럽다는 이유였다. 마음을 먹고 시작하는 데는 수년이 걸렸는데 이별은 쉬웠다. 《배우 수업》이라는 책도 몇 장을 읽지도 못한 채 책장을 오랜 시간 자리만 차지하며 소싯적 꿈을 위로해 주고 있었다.

그 후 7년이라는 시간이 흘렀다. 돌고 돌아 나는 또 이곳을 기웃거린다. 연기에 'ㅇ'도 모르지만 내 길인지 아닌지 알아야만 했다. 최선을 다하지 않으면 마흔에도, 쉰이 되어서도 훗날 또 다시 기웃거릴 게 분명했다. 다시 진지하게 연기 공부를 해야겠노라 마음먹은 건 백수를 거쳐 프리랜서를 거쳐 다시 직장인이 되어 겨우 고정 수입이 생겼을 시점이었다. 내향성 가득한 내가 과연 간절히 제일 하고 싶은 게 맞긴 하는지 알고 싶었다. 알아야만 했다. 그렇게 배우 선생님을 섭외에 연기 수업을 시작했다.

다시 발성부터 시작했다. 떨리는 마음으로 내뱉은 첫소리 "아~"는 성장해 있었다. 그동안 늙어버린 성대와 떨어진 자신감만 있는 줄 알았는데 7년 더 살았다고 나라는 사람의 이해도가 높아진 듯 느껴졌다. 이런 걸 삶의 깊이라고 하는 걸까?

생각보다 컨트롤이 잘 되었다. 성대는 하루도 쉼이 없었으니 그간 근성장이라도 한 모양이다. 진짜 호흡을 갖기 위해 몸을 써본다. 연기하지 않는 연기를 위한 고민이란걸 해본다. 한 대본을 몇 번 읽지도 않고 트로피처럼 쌓기만 하던 어리숙한 과거와 달랐다.

처음엔 대본을, 한 문장, 단어 하나를 머릿속으로 상상한다. 문장을 머릿속으로 읊조리듯 되내인다. 소리 내어 되내인다. 표정도 함께, 몸짓도 함께 연기한다. 그렇게 도파민 가득한 처음은 강렬한 행복감을 준다. 그리고 무식은 용감했지만 역시나 오래가지 못했다. 얼마 못가 모든 게 가짜인 내 소리를 깨달았다.

듣는 게 역겨웠다. 점점 무서워졌다. 마음껏 소리칠 수 있는 시간과 공간이, 나를 향한 시선이라곤 선생님 한 분뿐인데 거울을 보는 것조차 힘이 들었다. 8평짜리 연습실이 너무 컸다. 구석에서 벽을 보고 소리를 내어야 안심이 되었다.

'내향인이 무슨 연기야….'

가벼운 마음으로 한 시작은 아니었다. 그렇지만 계속해서 제자리를 맴돌기만 하는 답답함. 수업 시간 종료 후 머릿속을 가득 메우고 노트를 메운 물음표와 죄책감과 불안 사이 즈음의 감정은 집에 도착함과 동시에 덮어버렸다. '나'는 그 물음표를 기억하고 있었지만 집으로 돌아와 '엄마'라는 역할을 해내야만 했다. 다양한 역할을 해내기 위한 핑계였다. '직장인'인 나도 마찬가지였다. 그렇게 주 1회 2시간 만이 '꿈'을 꾸는 전부였다.

주 1회뿐인 시간은 너무 빠르게 돌아왔다. 수업 시간 내가 나에게 준 물음표, 선생님이 내주신 숙제는 다음 수업 직전에서야 개학 전 밀린 일기를 써내가던 초등학생 시절처럼 겨우 빈칸을 채웠다. 당연히 티가 났다. 연습한 게 없으니 피드백이 있을 리가 없다. 오늘이 돼서 겨우 쥐어짜 낸 몇 마디 문장에 선생님은 감사하게도 피드백을 주셨다.

화르르 타올랐던 열정 가득한 내 모습은 과거를 반복했다. 그땐 애라도 없었지, 지금은 애도 있겠다, 돈도 더 많이 벌겠다, 더 포기하기 쉬운 환경이다.

"목숨 걸고, 연기하고 싶어 하는 사람 많아."

입시생이 아닌 나에게 선생님은 상처받지 않을 만큼 적당한 어조로 말씀하셨다. 하지만 느낄 수 있었다.

'그래 너 힘든 거 알아. 그렇지만 장난하러 나오는 거 아니잖아.'

목숨은커녕, 내 돈 써가며 스트레스 받고 있는 취미 생활 정도로 하는 내 모습에 또 실망한다. 그렇게 선생님께 쉬겠노라 말씀드렸다.

'연기' 이외에 중요한 게 너무 많았다. 글을 빨리 완성하고 싶었고 직장인으로서도 인정받고 성공하고 싶었다. 꿈은 빠르게 뒷전이 되었다. 그때의 나는 글쓰기가 더 중요했고 직장 생활이 더 중요했다. 그렇게 나에게 휴식을 주었다.

그리고 나는 시들어갔다.

"언제 연기가 가장 잘 나오는지 아세요? 배고플 때. 닥치는 대로 했어. 먹고살려고."

또 SNS를 기웃거리다 배우 윤여정 선생님의 과거 무릎팍 도사에서 인터뷰한 영상을 보았다.

'그래 역시. 아무래도 나 너무 배가 부른 것 같아. 다시 일을 그만둬야 하나?'

사직서가 또 나를 손짓한다. 일을 그만둔다고 연기 천재, 일약 스타가 될 수 없다는 것을 누구보다 잘 안다.
요즘 너무 배가 부르고 게으르다. 직장에 다닌다는 건 나의 시간을 파는 대가로 돈을 버는 행위인데 그래도 개중에 잘하면서 좋아한다고 생각해서 고른 일인데 말이야.

다시 연기를 시작하기로 했다.
연기는 나를 알아감이다.
최선을 다하지 않음은 나를 과거에 계속 머물게 한다.
또다시 시작한 연기는 매일 즐겁다.

돈이 있으면 시간이 없고, 시간이 있으면 돈이 없네

"시간은 금이라고 친구."

초록색의 키 작은 괴물 친구 고블린. 게임 설정값에서 그들이 묘사됨은 다양하지만 〈MMORPG 월드 오브 워크래프트〉에선 황금을 사랑하는 뛰어난 과학자로 나온다. 와우저라면 모를 리 없는 고블린 NPC 대사. 한창 게임에 빠져 살 때, 그저 고블린 다운 대사라고만 생각했다.

학교는 적당한 신분을 제공했고 그에 따른 본분보단 다른 것들에 관심이 더 많았다. 돈을 버는 게 더 중요했고, 그 외 휴식 시간은 주로 온라인 게임을 즐겼다. 나갔다 하면 다 돈인데, 비교적 유지비가 적게 드는 취미 생활이었다. '돈을 벌며 공부도 잘하면 비현실적인 캐릭터지!'라며 그냥 현실을 도피했다.

대학생이 되고 첫 번째 방학.
여행이라도 가고 싶었지만 돈이 없었다. 수입의 큰 지분을 차지하는 과외를 내가 먼저 그만둘 수는 없었다. 학교 수업이 없어 늘어난 시간엔 휴대폰 파는 아르바이트를 추가했다. 두 달이라는 시간 동안 겨우 계약서 두세 장이 전부였다. '나와 영업은 맞지 않는다' 확신하는 계기가 되기도 했다. 1박 2일 여행조차 꿈도 꾸지 못하고 허무하게 첫 번째 방학은 끝났다.

두 번째 방학은 그나마 학교 장학생으로 선발되어 호주에서 보냈다. 그다음 방학에는 돈에 매진을, 또 그다음 방학엔 일본에서 보냈다. 그렇게 퐁당퐁당 약간의 해외 경험이라도 쌓았으니 망정이지 그게 아니었다면 신혼여행 때 처음 여권 도장을 찍을 뻔했다.

'돈이 있으면 시간이 없고, 시간이 있다면 돈이 없네'라는 말을 철석같이 믿으며 '없음'에 집중했다. 돈이 좀 생기면 부족한 시간을 한탄하고, 일을 그만두고는 시간이 늘어나 버렸다며 흥청망청 돈과 함께 갉아먹었다. 그러고는 돈이 없다고 또 신세 한탄을 했다. 둘 다 있으면 또 함께 놀 사람이 없다고 말했다.

그냥 너 노력을 안 하는 거잖아.
솔직하게 고백하자.
철벽도 이런 철벽이 또 있나.

과연 시간이 부족했고 시간이 늘어났을까?
오늘이라는 시간은 누구에게나 동일하게 주어진다.

철이 든 건 아니다. 한두 해 나이를 더 먹고서야 시간이 돈이고 돈이 시간이라는걸, 비로소 시간을 쪼개고서야 깨달았다. 고블린의 대사를 주야장천 들은 지 15년이 지나고서야 말이다. 와우저가 아니더라도 이와 비슷한 말을 들어봤을 것이다. 미국 건국의 아버지라고 하면 잘 몰라도 USD 100달러 화폐 모델이라고 하면 모르는 사람 없겠지?

벤자민 프랭클린님의 명언.

'시간이 돈이다.'

'지금 얘 뭔 소리래' 하지 말고 10년, 15년 뒤 언니가 한 말이
맞았다 후회하지 말고 부디 책을 사 읽는 센스를 지닌 그대라
면 '시간=돈'이라는 공식을 잊지 말고 소중히 쓰기를 바란다.

꼭 뭘 해야 돼?

이제는 아무것도 하지 않아도 무사히 하루를 보낼 수 있다. 그게 가능했던 건, 마음이 확고하게 도덕 위에 서서 움직이지 않는다는 나이, 이립(而立)이 되고서였다.

대학을 졸업하기도 전에 취업은 했지만 조바심이 났다. 막연히 가야 할 길을 가지 못하고 있다는 위화감이었다.
'대학원을 갈까? 워킹 홀리데이를 갈까?'
어딜 가야만 할 것 같았다.

대학원 학비는 상당했다. 당장 쌓여버린 대출을 갚는 게 중요했다. 사실 학문에 뜻이 있는 것도 아니다. 대학원이라는 선택지를 지우는 건 어렵지 않았다.

워킹 홀리데이. 일하면서 돈도 벌고 영어도 배우고. 집도 떠날 수 있다니! 이거다 싶었다. 남들이 많이 간다는 호주는 대부분 농장에서 일을 한다고 했다. 힘들 것 같았다. 가까운 일본은 영어권이 아니어서 지웠다.

캐나다. 일부 지역은 불어도 함께 배울 수 있다고 했다. 호주보다 조건은 까다로웠지만 '불어도 함께'라는 말이 굉장히 끌렸다. 연간 인원이 정해져 있지만 내가 고민하던 해에는 올림픽 덕분에 모집 인원이 확대되었다고 했다. 신청 자격 또한 충분했다. 어디선가 나를 오라 손짓하는 느낌이었다.

정성스럽게 서류를 준비했다. 우체국에서 9시 정각 소인도 받았다. 떨어질 거란 의심은 추호도 없었다. 그렇다 할 준비를 한 건 없지만 한국을 떠날 수 있을 거란 생각에 마냥 들떠 있었다. 그렇게 서류 발표 날이 되었고 일상에는 아무런 변화가 없었다.

'선착순에서 밀렸다고?'

서류에 오탈자가 있었던 걸까, 우편물이 잘못된 걸까. 떠날 수 있을 거란 막연한 기대는 한 줌의 재가 되었다. 우습게도 막연히 가야 할 것만 마음이 사라졌다는 것도 사그라든지 오래였다. 지금 당장 구매하지 않으면 내 것이 되지 못할 한정판에 잠시 홀렸던 것이다. 그 사이를 비집고 커진 게으름과 두려움이 외국 살이 환상을 잠재웠다.

다음 홀림도 느닷없이 찾아왔다.

평범한 어느 날, 지하철역을 환승할 때면 멀리서부터 코 끝을 자극하는 빵 냄새에 느닷없이 빵집을 차리고 싶다는 생각이 찾아왔다. 당장 제빵 기능사 학원을 알아보고 집에는 가정용 반죽기를 들였다. 금방이라도 지하철 빈 점포가 내 가게인 양 배움은 즐거웠고 결과물 또한 달콤했다.

정작 만들어진 빵은 냉동실 구석 자리를 차지했다가 버려지기 일쑤였다. 당장 응시하려고 샀던 제빵 기능사 책도 수학의 정석 신세가 되었다. '집합'을 제외한 새 책 신세로 책장을 지키다 떠난 수학을 정석처럼 짧은 이론만 남겼다. 4개월간의 대장정은 큰 교훈을 남겼다.

'빵은 역시 사 먹어야 돼.'

어디선가 조경기능사 자격증만 있으면 취업은 문제없단 소리를 들었다. 어떤 시험인지도 알아보지도 않은 채 무작정 책부터 샀다. 조경기능사 자격증이란, 쉽게 이야기하자면 공원 등 자연환경을 구성하고 관리하는 분야라고 했다. 세상에 이름 모를 나무들이 이렇게나 많은 걸 그때 처음 알았다. 대충 지어진 줄 알았던 공원이 달리 보였다. 그런데 소식적 한 공부를 한 것도 아닌 내가, 관심도 없던 분야에 대해 공부한다는 건 과욕이었다. 쉬운 나무 이름조차 이나무가 저 나무 같고, 저 나무가 이 나무 같고 도통 외워지질 않았다. 섣부른 마음으로 구매했던 자격증 서적은 바로 다른 이에게 보냈다.

한 두해를 더 산다고 크게 달라진 건 없었다. 갑자기 무언가에 꽂히면 불나방처럼 달려들었다 짧게는 두어 달, 길게는 일 년을 투자하고 그 마음이 식어버린다. 끝을 보지 못한 듯 보이는 시작이지만 어김없이 끝은 찾아왔다. 철마다 찾아오는 감기처럼 잠잠한 호수가 일렁거린다. 무언가를 해야만 하는 병에라도 걸린 줄 알았던 바지런함은 지금 이때만 가질 수 있는 열정이라는 에너지였다.

지금은 나이가 들어 더 이상 참가가 불가능 한 워킹 홀리데이 비자는 매해 새해 목표인 영어 공부라는 '미련'을, 제빵 기능사 시험은 만들기 어려운 빵을 고르는 '스킬'을, 책만 사고 끝났던 조경 기능사란 세계는 일말에 관심도 없는 분야는 섣부른 자신감으로 '찔러보지 않기'로 했다.

악뮤 이찬혁 님이 유튜브 프로그램에 나와서 한 말이 있다.
"그때 할 수밖에 없는걸 꼭 해"

나는 '해야만 해'병에 걸렸던 게 아니라 그때 밖에 할 수 없는 것들을 해나가기 위해 고군분투했던 것이다. 어떤 장면은 조금 더 해볼걸, 어떤 장면은 조금 덜 해볼걸. 또 한편으로는 꼭 뭘 해야 하나? 그때 내 마음이 이끄는 곳이 아무것도 하지 않아도 된다면 지금 꼭 할 수밖에 없는 게 휴식 일지도 모른다. 모든 건 해봐야 안다.

'

아싸! 복이 들어오기 시작했다

"로또에 당첨되면 뭘 하고 싶어?"라는 질문에 "안 사!"라고 대답했다. 당첨도 사야 되는 거지 사지도 않는 나에겐 망상에 불과했다.

나의 로또 경력은 만 원의 행복이 전부다. 첫 오천 원은 다섯 줄짜리 행복이 세 줄로, 두 줄로 마지막엔 한 줄로, 그렇게 마지막 한 줄은 끝내 손을 떠났다. 그 이후 '혹시나' 하는 마음으로 한 번 더 도전했다. 오천 원으로 일주일이나 행복감을 누릴 수 있었던 건 초심자의 행운에 불과했다. 역시 당첨될 리가 없었다. 이번엔 모두가 꽝이었다.

일주일짜리 행복으로 오천 원의 투자는 크다고 생각했다. 역시 저축이 낫다고 생각했다. 다시는 사지 않는 걸로 결심을 하는 계기가 되었다. 여전히 길을 걷다 만난 로또 당첨 명당 집을 지날 때면 잠깐 발걸음이 멈춰지곤 하지만.

집에 알 수 없는 택배가 배송되었던 기억이 떠올랐다. 송장엔 '축구공'이라고 떡하니 쓰여있었다. 막냇동생 이름으로 온 것도 아니고 내 앞으로 온 '축구공'이라니. '어디 개인 정보라도 팔린 걸까?'라고 생각은 하면서도 설레는(?) 마음으로 박스를 열었다. 열고서야 피식 웃음이 나왔다. 편의점에서 콜라를 구매하면서 적립도 함께 했던 게 나도 모르는 사이 경품에 응모가 된 것이다. 이제야 1등 당첨이 해외여행이었던 사실이 떠올랐다. 축구공은 5등쯤이었으려나? 당연히 기억에 있을 리 없었다.

될 리 없다고 늘 스킵이었는데 그날은 갑자기 해외여행이라도 가고 싶었던 모양이다. 비록 1등이 아니라 해외여행을 가지 못하지만 귀여운 축구공을 보고 있노라니 '에이 좀 더 응모해

볼걸'하는 마음이 들기도 했다. 공은 막냇동생 차지가 되었다. 처음 누려보는 경품 당첨이라는 행운이 그저 신기했다. 그 후 우쭐한 마음에 '경품'을 노리고 라디오 사연이라도 내볼까? 싶었지만 게으름이 이내 상상 속에만 머물렀다.

종종 전시회장에 가면 화려한 '1등' 경품으로 호객을 한다. 길게 늘어선 줄을 보고 내가 1등이 될 리 없다 여기며 외면한다. 줄이 없는 틈을 타 어쩌다 만난 행운은 해외여행이나 황금 열쇠가 되거나 하진 않았지만 하리보 한 봉지로 달콤한 행복이 된다는 걸 알면서도 말이다.

《인생은 실전이다》에선 도전을 룰렛에 비유하고 있다. 더 많은 룰렛을 돌리는 것이 확률을 높이는 방법이라고 이야기한 장면을 보고서야 '아차, 그동안 내가 복을 걷어찼구나'라는 생각이 들었다.
'확실한 보장'이 없다는 이유로 사소한 것들에 대한 외면이 떠올랐다. 그렇다면 '확실한 보장'이 있는 것들에 대해 얼마나 열심을 다 하였는가. 그저 충분히 게으르기 위한 핑계였다.

마음을 고쳐먹기로 한 건 돈이 떨어지고 나서였다. 그제서야 도전을 늘리고 어떻게서든 기회를 잡겠노라고 아등바등 '노력'을 했다. 도서관 책에는 밑줄을 그을 수 없어 서평 이벤트에 참여하기 시작했다.

처음부터 당첨이 되진 않았다. 처음부터 읽고 싶은 책만 읽을 순 없었다. 계속하다 보니 서평 이벤트에 참여하지 않아도 제안이 오기 시작했다. 나중엔 거절하기도 할 정도가 되었다.

처음 시작은 한 봉지 하리보 젤리 정도였다.
기회를 점점 늘리니 작게 뭉친 줄만 알았던 눈 뭉치는 점점 굴러가서 큰 눈덩이가 되었다.
그렇게 복이 들어오기 시작했다.

"눈을 굴려서 눈을 굴려서 눈사람을 만들자!"

단순 동요가 아니었다. 눈사람을 만들려면 눈 뭉치를 굴려 큰 눈덩이를 만들 듯 모든 일에는 작은 시작이 필요하다.
그것을 하느냐, 하지 않느냐가 차이를 만든다.

헤매는 게 삶이야. 돌아가도 괜찮아

4

너무 당연해 잊고 있던 올드한 감정 단어

하늘을 보는 날이 적었다. 하늘이 예쁜 줄 모르고, 하루가 아름
다운 줄 모르고 살아지는 날이 많았다. 그리다 문득 고개를 올
려다 본 날이었다. 늘 잿빛인 줄 알로만 알았던 하늘은 파란색
이었다.

'한결같은 네 녀석도 변하는구나. 네가 변하는 건지 내가 변하
는 건지.'

그날의 그는 평소보다 예뻤고, 여느 날보다 아름다웠다.

다람쥐 쳇바퀴 생활이 싫다며 6년간 다닌 직장을 뛰쳐나왔다. 무엇이든 할 수 있을것만 같았던 기대감과 달리 침대와 한몸인 날이 많았다. 반년이라는 시간을 허비하고 결국 쳇바퀴 안으로 돌아왔다. 그나마 하고 싶은 일이라 여기며 굴러들어 온 쳇바퀴 속 세상에서 열정이란 연료를 계속 태웠지만 결과는 암담했다. '좋아하는 일'을 하는 대가가 이 정도라는 걸 납득하는데 까지는 시간이 필요했다.

'그저 좋아하는 일을 했더니 지금의 자리에 와있었다'라고 말하는 성공한 아무개가 되려면 고작 일 년은 명함도 꺼낼 수 없다는 건 잘 알고 있다. 그렇지만 시간이 흐를수록 마음은 너덜너덜해졌다. 가득 채워진 부정적인 생각의 끝은 전혀 그려지지 않는 2년 후, 3년 후뿐이었다. 임계점을 넘어서는 순간이 오긴 할까? 내 일에 자신이 없었다. 이 고생을 할 거면 집 앞 편의점 아르바이트가 나을 것만 같았다. 불안을 끌어안는 채 보내는 하루하루는 불안과 고통의 터널이었다.

'나는 할 수 없어'라는 프레임에 빠졌다. 까만 렌즈 선글라스를 쓰면 세상이 까맣게 보인다. 노란 렌즈의 선글라스를 쓰면 노랗게 보인다. 그때 내 세상은 뭐든지 할 수 없는 색깔이었다.

시간이 흘러 '안정'이라는 걸 찾은 건, 퇴사와 이직을 거쳐 새로운 보금자리를 찾고 나서였다. 안정에는 돈이 최고였다. 평화로웠다. 나는 말라죽기 직전 물을 마신 화분 같았다. 죽은 줄만 알았던 화분은 물을 마시고 금세 파릇해지는가 싶더니 좀 기다리니 새순이 난다. 식물에게 물이 필수이듯, 나에겐 돈이 필수였다. 안정을 되찾고 나니 '할 수 없어' 프레임에서 자연스레 빠져나왔다.

지금이야 여유롭게 커피 한 잔을 기울이며 '그때 그랬지'라고 하며 안정이니 평화니 하는 단어에 빠져든다. 이 순간만큼은 어떤 누구도 부럽지 않다. 불현듯 찾아온 따뜻한 감정 단어에게 "소홀했구나"라고 말을 걸어본다.
너무 당연하다 잊고 있었던 감정 단어에 귀 기울여 내면의 소리를 들어본다.
예쁜 하늘이 소중한 오늘을 기록하게 해준다.

쌓아온 것이 미련한 건 아니었다고

전문가가 되기 위해서는 1만 시간이 필요하다는 '1만 시간의 법칙'을 그간 얼마나 노력이란 걸 했는지 더해보기로 했다.
하루도 쉬지 않는 기계가 된다고 하더라도 일 년 하고도 두 달이 필요하다. 먹기도, 쉬기도, 잠도 자야 하는 인간은 하루 열 시간 하루도 빠짐없이 3년은 해야 얻어낼 수 있는, 그야말로 노력의 산물이다. 나에게 그런 노력이 있었던가? 1만 시간은 커녕 100시간도 찾아보기 힘들었다.

뭐라도 해보겠다고 깨작깨작, 기웃거린다.

"흠 나랑 안 맞나 봐."

또 한동안 쉬었다가 그것을 반복한다.

"휴 배운 게 도둑질이다."

다시 깨작깨작, 기웃기웃, 기초 공사도 제대로 하지 않고 시작한 도둑질(?)은 아는 것 같은 느낌적인 느낌으로 빠른 진도로 잠시 설렘을 주지만 전문가의 길이란건 녹록치 않다.

더 이상 깨작거림은 내 인생에 없다. 가짜 전문가 노릇 말고 진짜 전문가가 되기로 했다. 얼마나 노력해야 하는 걸까?
하루에 10분씩 일 년간 매일 투자해도 겨우 60시간이다. 삼 년이어도 고작 180시간. 하루에 30분씩 일 년간 매일 투자하면 세 배 더 노력 한 거니 180시간. 삼 년이어도 고작 540시간. 1만이란 시간이 어마어마하게 느껴진다.

이제야 딴에 하는 노력이 취미 생활에 불과하다는 걸 깨달았다. 적당히 노력하면서 어찌 특별해지길 바랐던 걸까. 그나마 다행인 건 '깨작'과 '기웃'이라는 남들이 보기엔 같잖아 보일지라도, 그런 노력이라도 한 덕분에 내가 뭘 좋아하고 잘하는지 이제는 조금은 알게 되었다는 것이다.

근데…, 만약에 말이야.
정말 이것만큼은 삼 년 안에 최고가 되어 보고자 하는
좋아하는 게 생긴다면?
1만 시간의 법칙 계산법대로라면…

이대로 잠을 줄이는 건 불가능하니 직장을 그만두는 게 맞다.

당장 또 수입이 없어지면 곤란하니 고민된다. 일 년만 더, 그
렇게 딱 3년만 참자 싶다가도 오늘은 또 퇴사 욕구에 몸이 근
질거린다. 주위를 둘러보면 나는 그냥 꿈 타령에 환장한 유별
난 사람이다. 좋아하는 일을 잘하고 싶은 건 당연한데 자꾸 좌
우를 둘러보게 된다.

어쨌든 원하는 바가 있다면 생각보다 많은 시간을,
생각보다 꾸준히 해야만 한다.
나는 믿어보기로 했다.
그런 노력이 절대 헛되지 않도록.

감정 포착, 그때 기분 기억하기

"찰칵~!"
"지금 감정은 우울이 80%입니다."

가끔 이상하리만큼 답답하거나 기분이 더러울 때가 있다. 분노인지 짜증인지 자책인지 모를 감정들을 대신 표현해주는 도구가 있었으면 좋겠다고 생각했다.
감정이란 게 원래 눈에 보이지 않는 거라곤 하지만 아무리 생각해도 한 단어로 표현이 안 될 때 밀려오는 답답함, 그리고 왠지 모를 후회. 그렇게 찝찝함을 끌어안고 있다가도 며칠을 지내고 나면 '그때 어땠더라' 기억조차 나지 않아 아무렇지도 않아지는 날이 많다. 진짜 아무렇지도 않은지 어쩐지 모른 채.

기뻤는지 슬펐는지 기억조차 나질 않는다. 한 달이 지나고, 일 년이 지난다. 그렇게 반복된 나는 나이만 먹었지 내가 누군지 잘 몰랐다. 내 감정에 대해 표현하려 하면 쉽게 말이 떠오르지 않거나 어떨 땐 눈물이 왈칵 먼저 쏟아져 나올 듯 해 당황스럽기도 했다.

기록하지 않는 사람에서 기록하는 사람이 되기로 했다. SNS를 하고 글도 쓰기 시작하면서 비로소 나를 알기 시작했다. 무언가 떠오를 때마다 빠르게 메모해 본다. 휴대폰 메모장에는 맥락 없는 기록이 하나 가득. 그런 메모조차도 반짝 떠오르는 기억이나 감정을 잡아내기엔 손이 너무 늦다. 타이핑을 하겠노라 손가락을 움직이다 보면 떠오른 무언가는 생각보다 빨리 흩날려진다.

언젠가부터 휴대폰에 음성을 텍스트로 전환하는 기능을 사용하기 시작했다. '영감' 또는 '분노'가 떠오를 때면 나도 모를 '아무 말 대잔치'를 하다 보니 나의 기억과 감정이 서서히 보이기 시작했다. 그렇게 감정을 포착하기 시작했다.

나는 부정적인 감정 소화가 힘든 사람이었다. 늘 웃기 바빴고 내가 참으면 그만일 때가 많았다. 되새김질하듯 미뤄둔 부정적인 감정은 숙변처럼 쌓여갔다. 쌓이고 쌓여 펑 터지는 날엔 나는 내가 아니었다.

부정적인 감정을 돌봐주기로 했다. 기분이 나빴다면 나빴다 표현을, 상대방에게 표현하지 못한 날에는 녹음으로, 손으로 써 내려갔다. 흘려보내 아무렇지도 않아질 때까지.
쉽기만 한 과정은 아니었다. 처음엔 소화를 시키겠노라 감정을 곱씹으려니 속이 까맣게 타들어 가는 것만 같았다. 더 큰 부정으로, 되감기로 자신을 괴롭히는 것 같았다.
몇 번을 반복하다 보니 같은 상황에서 부정적인 감정에 휩싸이지 않게 되었다.

감정을 포착하고, 그때 기분 기억하기.
거창한 시작은 나를 괴롭힌다는 것을 잘 알고 있다.

그렇게 몇 줄 쓴 날도, 그렇지 않은 날도 있다.

기록이 많은 날도, 적은 날도.

이런 자그마한 노력이 나를 사랑하는 첫걸음이었다.

위로도 클리셰니?

"이런 거 약간 클리셰긴 한데…."

유튜브 인터뷰 장면에서 들린 이 단어가 귀에 꽂혔다.

처음 듣는 단어는 아니지만 무슨 뜻이더라.

'그래! 영화 시사회에서 들은 그 단어!'

검색해 보니 프랑스어였다. 진부한, 고정 관념을 뜻하는 단어로 본래 문학 용어지만 영화나 드라마에서도 쓰인다고 했다.

"힘내!"라는 따뜻했던 말이 언젠가부터 이 단어가 진부하게 다가왔다. 힘을 낼 수 없는 상황이 되고 보니 이 말이 무책임하다는 걸 알게 되었다.

"힘내"라는 말에 "나 힘 많아"라고 말했다.
정말 힘은 남아있거든.

힘(力)은 있지만 힘(氣)이 나지 않을 땐 정말 아무것도 할 수가
없다. 어쭙잖은 공감 없는 '힘내'라는 말은 전혀 위로되지 않았
다. 그냥 아무 대꾸도 없이 들어주는 토닥임이 힘이 났다.

'생각해서 하는 말이래.'
'그래, 알지.'

정말 생각해서 하는 말이라면 타인의 아픔을 '다 그렇다~'는
둥, '그러니 힘내.'라는 말로 가벼이 여기지는 말아 줬으면 좋겠
다. 어떨 땐 그 말이 상처를 후벼 파니까.
공감 없는 위로의 말은 진부하다.

어쭙잖던 그때 너에게 묻고 싶다.
"넌 위로도 클리셰니?"

당신의 멘탈은 안녕하신가요

안녕하세요. 오늘 하루 잘 지냈나요?
반말 투성이었다가 갑자기 웬 존댓말이냐고요?
안녕하지 못한 멘탈인 날,
인사를 하려면 정중한 말투가 필요하거든요.

"고생했어요."

쉼 없이 울려대는 단체 카톡 방,
비슷한 제목들의 동기부여 글들,

오늘 분명 너무나 바쁘긴 했는데 뭘 했는지 기억이 안 나네.
뭘 했다고 벌써 5시야?

괜찮아요. 그런 날도 있는 거죠.
그런 날도 있다는 거 머리로는 아는데….
오늘은 그 말이 위로가 되질 않네요.

'아 힘들어! 너무 힘들어!'

속으로만 하지 말고 입 밖으로,
이왕 이면 큰 소리로 해봐요.

"아 힘들어! 너무 힘들다!!"

욕이 들어가도 좋아요.
뭐 어때요, 나만 들을 건데요.

애썼어요. 오늘도.
와르르 무너져 안녕하지 못한 나에게

오늘 괜찮은지 안부 좀 물어봐 주세요.

눈물이 나면 울어도 괜찮아요.
엉엉 울어도 좋아요.
뭐 어때요, 나만 들을 건데요.

내가 나를 위로해 주세요.
아이를 달래줄 때처럼.

뭐가 그렇게 힘들었어?

그랬구나. 잘했어. 애썼어.
토닥토닥.

애벌레는 왜 번데기를 벗는가

애벌레는 성장을 위해 번데기를 벗는다.

꼬물거리던 애벌레는 그렇게 예쁜 나비가 된다.

나도 허물을 벗는다.

애벌레도 아니면서.

나비라도 되면 좋으련만 그럴린 없다.

안 좋은 습관을 손에 꼽으려면야 손가락 열 개도 부족하겠지만 제일 자신 없는 청소, 그리고 양대 산맥인 '정리'. 평생을 따라다니는 족쇄다.

화장실이 급한 것도 아닌데 집에 도착하자마자 문 앞에 훌렁 벗어둔 옷은 그 자리가 제자리 되었다. 다음날 그대로 걸쳐 입고 외출한다. 코 푼 휴지는 응당 휴지통에 들어가야 하거늘 풀고 난 그 자리가 제자리다.

너무 오랜 시간 몸에 굳어 버린 나쁜 습관. '앞으로 그러지 말자'며 다짐을 해도 사람이 하루아침에 변할 리 없다. 인간의 행동은 90% 이상이 무의식으로 이루어져 있다고 하니 내 탓이 아니라 뇌 탓이라고 핑계도 대본다. 더 이상 번데기를 벗는 애벌레가 되지 않겠노라 그렇게 프로그래밍 된 나를 고쳐보겠노라 다짐한다.

퇴근하면 옷을 옷걸이에 걸려고 애쓴다.
남들은 당연한 행동을 나는 애를 써야 한다.
지긋지긋한 비염이 만든 휴지를 쓰레기통에 버린다.
당연한 행동이지만, 나는 애써 노력해야 한다.

어쩌면 애벌레가 맞았던 것 같다. 낡은 좋지 못한 습관이라는 것을 알면서도 나비가 되고 싶지 않은 성장 기피 애벌레.

당연해 보이는 것조차 제대로 하지 못하는 나에게, 남들에게
당연하다고 해서 나에게도 당연한 게 아니니 그저 깨닫고 천
천히 해보길 일러주었다. 몇 번의 탈피 과정이 있어야 악습관
을 버리고 나비가 될 수 있을지 아직 기미가 보이질 않는다.
그럼에도 불구하고 또, 또다시 마음을 먹는다.

이제는 제발 버리고 싶은,
지겹게 따라다니는 나쁜 습관아.
이제는 정말 고쳐야겠다.
우리 이제 그만 헤어지자.

지나고 보니 성장이 맞았다고.
성장하려고 탈피했다는 우스갯소리를 할 수 있게.

책이 내게 가르쳐준 것

《이제부터 내 인생 살겠습니다》를 쓰고 작가가 되었다. 책이 들려주는 수많은 이야기 중 하나인 행동한 결과였다. 마음을 먹고 쓰기 시작함부터 초고 완성, 퇴고를 거쳐 책이 세상에 나오기 많은 과정을 겪었다. 출간 직전엔 우울이 바닥을 찍으며 과연 내가 과연 이런 이야기를 해도 되는 사람인지 자책에 빠져 지내기도 했다.

기우였다. 겨우 자책의 구렁텅이에서 빠져나와 마주한 것은 오히려 독자님의 후기로 내가 위로를 받는 소중한 시간이 되었다. 감사가 감사를 낳는다는 책의 말대로, 내가 썼던 그대로였다.

책은 독자일 때도 저자일 때도 많은 가르침을 준다. 불과 삼년 전만 하더라도 일 년에 책 한 권 읽기가 남 얘기였다. 수년째 책과는 거리가 멀었다. 본격적으로 책을 읽기 시작하면서 일주일에 한 권을 뚝딱, 이삼일에 한 권을 뚝딱 점점 책 읽는 속도가 빨라지며 깨달음 그 무언가를 느꼈을 시점, 너무 늦었단 생각에 소름이 끼쳤다.

'뭐야 이 책은 출판된 지 벌써 몇 년 전인 거야? 이리도 유명한 스테디셀러를 이제야 알았네? 이 책을 읽은 사람이 한둘이 아닐 텐데 나는 이제야⋯. 어쩌냐.'

조바심이었다. 그러나 이것 또한 기우였다.

지천에 널려 핀 들꽃을 보고 꽃이 폈다 모두가 관심을 가지지 않듯 책이 그랬다. 책을 선택한 자가, 선택받은 책이 서로에게 관여할 뿐 모든 책이 변화의 동력이 되진 않았다.

시간이 조금 흐르고 다시 보니 '늦은 게 아니야, 다행이다'였다. 그 생각은 시간이 조금 더 흐른 지금도 변함없다.

저자는 책을 통해 들려주고 싶은 이야기를 한다.
나는, 독자님께 무슨 말을 해주고 싶었던 걸까? 시작은 비록 불행한 듯 힘든 하루가 버겁더라도 누구나 다 행복했으면 좋겠는 마음이었다. 한 글자 읽을 마음의 여유조차 없는 이에게 사치스러운 미사여구 대신 어떻게 진심을 전할까. 깊은 고민이 되었다.
나도 좀 있어 보이게 서수도 좀 세어가며 멋있게 말하고 싶은데 마음속 깊은 곳에서 우러나오는 말은 하나였다.
그저 '마음이 가는 대로' 라고 이야기해 주자.
이것이 책이 내게 가르쳐 준 것이다.

책을 통해 조금 앞선 지혜를 얻는다고 한들 꾸준하지 않는다면 그 지혜는 금세 흩어져버린다. 최종 결정 주최는 나다. 곁에서 아무리 잔소리를 해도 할지 말지 결정은 결국 '내 맘대로' 하는 게 본능이다.

억지로 변하지 않아도 지금이 행복하다면 그냥 이대로,
변화에 목말라 그것이 나에게 행복을 약속한다면
일보 전진을 위해 노력을.
그렇게 조금씩 내 마음 소리에 귀 기울이라고.

책은 묵묵히 그 자리에서 한없이 주는 '아낌없이 주는 나무'와
도 같다. 모든 걸 다 내어주고 그저 행복하기만 한 나무처럼,
멀어졌다가도 지치고 힘들 때 찾기만 하면 언제든지 답을 주
려 애쓴다.
어떨 땐 그런 책 속 구절 때문에 눈물이 나기도 한다. 그렇게
반복하다 보면 수많은 문장 중에 나만의 문장이 생긴다. 새겨
진 문장이 삶의 희로애락과 어우러져 행복하지 않은 순간도
즐길 수 있는 여유를 준다.

미라클 하지않은 미라클 모닝

눈에 밟힌다. 우연히 올려다 본 간판에서 본 단어가 쿵 하고 다가온다. 그것만 들린다. 평소에 듣지도 않던 라디오를 켰다가, 그 단어가 거짓말처럼 귀에 꽂힌다. 책장을 넘기다 또 만난다. 종일 그것만 보인다.

마치 온 우주가 나를 위해 신호를 보내는 것처럼.

그렇게 기적에 꽂혀버렸다.

시작은 재작년 2월 1일이었으니 새해 결심도 아닌 것이 남들이 하니 '어디 나도 한 번 해볼까?' 정도의 묘한 결심이었다. 자의지만 억지로 맞춘 새벽 5시 알람은 오늘의 나를 위한 것인지 내일의 나를 위한 것인지 정확히 알 수가 없었다. 그렇게 아무도 시킨 적 없는 미라클 모닝이 시작되었다.

꾸역꾸역 일주일을 해내고 얻은 것은 두통이었다. 부자들이 그렇게 일찍 일어난다는데, 정말 이대로 괜찮으냐는 의심으로 유튜브도 찾아봤지만, 영상 한 개 10분 보고 있는 것도 귀찮은 나로선 잠을 택했다. 5시에 일어나려면 아무리 늦어도 11시에는 자야 했다. 몸이 지쳐 졸릴 때까지 버티다 잠들고 피곤함에 절어있던 아침은 어느새 남의 이야기가 되었다.

그렇게 열흘쯤이 되던 날이었다. 몸이 날아갈 듯 상쾌했다. 머리도 맑았다. 정통으로 물벼락을 맞는 기분이랄까.
'오? 이건가!?'
갑자기, 흠뻑 감사함과 깨달음이 쾅 박혔다.

그다음 날부터는 일어나는 게 어렵지도 않았고 하루하루가 너무 재미있었다. 밤이면 밤마다 하는 일도 없이 시간을 낭비하다 이토록 알찬 시간을 보낼 수 있다니. 그렇게 고요한 새벽에 동터 오름을 즐기는 나만의 시간이 너무 행복했다.

해가 점점 길어지면서 일어나는 것은 오히려 수월했다. 그럼 오히려 다행이어야 하는데, 혼자 살지 않는 나에겐 동거인, '딸'이라는 변수가 있었으니 그녀의 수면 시간도 자연스레 짧아졌다. 때로는 조심히 침대 밖으로 나와 조명도 켜지 못한 채 휴대폰 반딧불이 신세로 5시 달콤함을 맞이했지만 그 새벽이 5분 만에 끝나는 날도 있었다. 새벽 5시부터 육아를 시작하는 날은 하루가 매우 길었다.

그렇게 며칠을 반복하니 마음에 화가 누적되는 것을 느꼈다. 이유도 모르고 시작했던 미라클 모닝이 행복이라는 것을 깨달은 게 얼마나 지났다고 곧이어 방송되는 TV프로그램도 아니고, 곧이어 시작되는 육아 연장 근무는 행복에서 피로로, 분노로 바뀌었다. 딸아이의 단잠을 깨워가며 행복을 찾고 싶지 않았다. 꼭 끌어안고 더 자기로 했다. 오히려 7시까지 푹 자주는 그 순간이 소소한 미라클이었다.

혼자만의 소중한 시간을 맛본 이후에는 하는 일도 없이 누워서 핸드폰 보는 시간을 줄이기로 했다. 비록 루틴은 엉망이지만 새벽이든 저녁이든 가리지 않고 시간이 허락한다면 오롯이 나만의 시간을 즐기기로 했다.

시간이 흘러 다시 새벽을 찾게 되었다. 아이의 낮잠이 없어지면서 자연스레 밤잠이 길어진 덕분이다. 애를 쓰고 투덜거리지 않아도 때가 되니 아이가 자라났다. 자연스레 나만의 시간을 늘릴 수 있었다. 처음엔 늘어나버린 잠을 줄이는 게 쉽진 않았지만 새벽의 맛은 말로 설명할 수 없을 만큼 특별하다.

처음 미라클 모닝을 할 때는 남들이 하니까, 마치 이것만 하면 내 인생이 당장이라고 바뀔 것 같은 막연한 기대감이 컸었다. 남들이 하는, 특히 부자들이 한다 하니까. 그 선택에는 내가 빠져있었다. 내 리듬이, 내 현실이, 내 환경이. 내 것을 찾기 위해 꼭 시간을 써봐야 한다는 것을 뒤늦게 깨달았다.

확실히 저녁보다는 새벽이 집중이 더 잘 된다는 것.
하루 최소 6시간은 잘 것, 그래도 가급적 평균 7시간은 잘 것.
새벽에 그녀가 깨어났다면 불가항력적이니 기뻐하며 그녀와 시간을 보낼 것.
이것이 루틴이라면 루틴이다.

비록 부자들처럼 매일 새벽 공기를 마주할 순 없지만
나만의 기적을, 나만의 속도로
미라클을 맞이한다.

여전히 작은 행복일지라도

"과거로 돌아갈 수 있으면 언제로 돌아가고 싶어?"

인생에서 돌아가고 싶은 순간이 있냐는 질문에, 그런 순간이 없다고 답했다. 처음에는 말도 안 되는 불가능한 부질없는 생각이라는 이유로, 이어진 생각은 오늘을 최선을 다하겠다는 일념으로.

나는 다시 가난해지고 싶지 않았다. 추위에 떨고 배가 고프고, 남 탓을 하고 원망만 하는 과거로 돌아가고 싶지 않았다. 가엾게 느껴지는 그때의 나도 나름 최선에 선택했겠지.

불가능한 상상은 시간 낭비다. 오늘 점심은 뭘 먹을까. 불가능한 과거 시간 여행보다 건설적이다. 금액에 크게 개의치 않고 고를 수 있는 것만으로도 행복한 날. 고마운 사람에게 커피 쿠폰을 보낸다. 물질적으로 감사함을 표현할 수 있는 게 기쁘다. 이제는 겨울이 전처럼 춥지 않고 여름엔 에어컨을 참지 않는다. 누군가에겐 작아 보일지 모르지만 작지 않은 행복들.

점심시간 부른 배를 두드리며 따사로운 햇살을 받으며 걷는다. 여름이 왔다. 모두가 반팔 차림이다. 짧지만 기분 좋은 산책이다. 회사로 돌아와 집중한다. 오후도 치열하게 보냈다. 어느덧 시곗바늘이 퇴근 시간을 가리킨다.
오늘도 애썼다.
'퇴근해야지!'

부랴부랴 밖으로 나온다. 버스에 몸을 싣는다. 에어팟으로 귀를 막고 책을 펼친다. 서서 가지 않음에 행복한 날이다. 창밖 노을이 예쁘다. 그것이 저들 눈에도 예뻤을까. 다리 위 사진을 찍는 커플의 모습에 웃음이 난다. 무사히 하루를 보냈다. 침대에 누워 핸드폰을 만지다가 갑자기 몸을 일으켜 방 불을 켠다.

쓰다 말다 하는 다이어리에 모처럼 오늘을 기록한다.

오늘 하루 고생했어.
잘했어.
기죽지 마.

쓰고 보니 오늘 행복을 많이 모았다.
하나, 둘 모은 행복이,
그저 무사히 보낸 오늘 하루가 행복이고 감사다.

헤매는 게 삶이야. 돌아가도 괜찮아

쓰러지지 않는 자전거처럼

그냥 밟아! 출발해!

출발만 하면 돼!

그럼 넘어지지 않고 달릴 수 있어!

초등학교 3학년 때 처음 두발자전거를 배웠다. 달리는 자전거는 쓰러지지 않는다. 사춘기 소녀가 되고 입시에 시달리는 고등학생이 되고 그렇게 자전거는 어린 시절 전유물 정도였다.

스무 살하고도 대여섯 살쯤 더 먹었을까. 다시 자전거를 타게 되었다. 10년도 더 지나 다시 탄 자전거는 마치 한 번도 해보지 않은 외나무 줄타기 같은 공포심을 선사했다. 덜컥 겁이 났다. 어린 시절 그저 동네에서만 뱅글뱅글 돌며 쓰러지지 않기 위해 애쓰고 기껏 달려봤자 숨이 차오는 날이 있었던가.

기억을 더듬어보면 기껏 해봐야 100m 달리기 경주 정도의 짧은 호흡이 전부였다. 게다가 전속력 주차장 뺑뺑이는 굉장히 위험한 짓이었다. 주위를 둘러봐도 도로뿐, 자전거를 탈만한 아득한 공간 따위는 없었다. 용기 내어 도로로 나가야만 했다.

출발한 지 얼마 지나지 않아 신호등 앞에서 멈춰 서야 했다. 그리고 다시 밟아 앞으로 나아가야 하는데 휘청, 엉덩이를 안장에 딱 붙인 채 어색한 페달링은 휘청 거리기 일쑤였다.

다짜고짜 도로 라이딩은 무리였다. 잘 닦인 자전거 도로를 찾았다. 그러나 예상(?)과 달리 이곳은 무림의 고수들이 다 모인 듯 느껴졌다. 새내기 라이더는 앞으로 나아가기 위해 멈추지 않는 건지, 멈추지 않고 있기 때문에 앞으로 나아가는 건지 알 수가 없었다.

힘껏 밟아댄 페달에 속도가 붙어 페달링을 하지 않아도 앞으로 향하며 살랑살랑 부른 바람이 머리칼을 흔들 때 '신선놀음이런 건가' 하는 생각이 들기도 했다.

페달링도 버겁던 내가 수원에서 출발해서 하트 코스에 도전했다. 공기가 차갑게 느껴지는 새벽에 가까운 아침에 출발해 든든하게 밥도 먹고 정오를 훌쩍 지나, 해가 가장 뜨거울 오후 두시를 지나 집으로 겨우 돌아왔다.

자기 최고 기록에 두 배는 보통 할 수 있다는 말에 처음 150km를 탔던 탄 나에겐 그야말로 건국적인 날이었다. 후다닥 씻고 기절. 근육통이 온몸을 강타 해 몸 저 누웠지만 경이로운 감격의 순간임은 틀림이 없었다. 포기를 못 한 건지 안 한 건진 모르겠지만 지금 하라면 절대 못할 일이다.

아무것도 모른 채 시작해 힘을 줘야 할 때 힘을 빼고 힘을 빼야 할 때 힘을 줬다. 힘을 빼야 마땅한 오르막길에서 오히려 전력질주라도 할 기세로 애를 쓰다 고꾸라졌다. 결국 멈춰서 끌고 올라가야만 했다. 다시 시작된 내리막길에선 다리가 덜덜 떨려 페달 위에 올려진 다리가 덜덜덜 사시나무 떨 듯 떨렸다.
겁도 없이 도전한 하트 코스를 완주했다.

멈추면 안 될 것만 같았다.
한 번 오픈하면 폐업 날 문 닫는 24시간 편의점처럼.
아무렴 어때.
멋모르고 멈추지 않았던 경험이
다음엔 더 잘할 수 있다는 자신감을 준다.

삶은 자전거를 타는 것과 같다. 균형을 유지하려면, 계속 움직
여야 한다.
 -알버트 아인슈타인

인생에 수많은 굴곡에서 계속 움직이기만 하면 된다.
우린 점점 잘하게 된다.

드디어 목적지에 도착했습니다

쓸모없는 경험은 없다

백수 생활 끝에 얻은 깨달음으로 좋아하는 일을 하고야 말겠다는 마음이 간절했을때의 일이다. 생애 처음 통장에 찍힐 숫자나 출퇴근 거리 대신, 하고 싶은 일로 업을 삼아야겠다고 결심했던 때다. 종이에 관심 있는 것들을 써 내려갔다. 이상형 월드컵처럼 아닌 것들을 하나 둘 지웠다.

단연 스쿠버 다이빙을 좋아하니 이걸로 밥벌이를 하면 좋겠다 싶었다. 투어 리더가 되어 예쁜 사진을 찍어주고 사람들과 어울리고 여행하는 삶은 천직이 될 수 있을 것 같았다.

그렇게 시작한 스쿠버 다이빙 강사 생활은 출퇴근부터 대격변이었다. 평일은 9 to 6, 계획도 없이 늘어지기 바빴던 공휴일에 익숙한 직장인에겐 당장 주말 근무부터 손해 보는 장사 같았다. 보이는 부분은 극히 일부였다. 투어나 교육으로 빼곡해 보이는 일상 외에도 행정적인 업무라던가 회원 관리, 장비 관리, 판매 등 신경 쓸 부분이 많았다.

'그래도 어쩌겠어. 내가 선택했는데!'

잘 해내야 하는 건 내 선택에 대한 의무였다. 잘할 거라 최면을 걸었다. 그런대로 적응하면서 경험치를 쌓아갔다. 차차 적응하며 이만하면 순조롭다 여겼다.

성수기가 되니 장비 렌탈 손님이 늘었다. 스쿠버 다이빙은 장비가 중요한 레포츠이기 때문에 중요한 업무 중 하나였다. 투어나 교육 전에 장비가 이상이 없는지 확인해서 준비하고, 마치면 장비를 세척하고 말리는 일이었다. 무게가 만만치 않다 보니 몇 십 개를 정리하고 나면 진이 빠졌다. 투어와 교육이 겹치고 많아지니 샵에 있는 렌탈 장비가 부족해지는 사태가 벌어졌다.

"이제 장비가 이제 없어요!"

장비를 빌리고 싶어 하는 손님에게 이번 주는 장비가 없다고 말씀드렸다.

단순히 장비가 부족해서 어쩔 수 없다고 생각하는 나와 달리 대표님은 장비 구매를 고려하고 있다는 말을 듣게 되었다.

'이미 바쁘고 일도 많은데요. 장비를 더 구매하신다고요?'

그동안 쌓아왔던 울분이 터졌다. 직원 인건비는 아깝고 장비 투자는 망설임 없어 보이는 모습에, 나 자신이 초라하게 느껴졌다. 순간 나는 장비보다 못한 사람이 된 것 같았다.

'급여도 줄여서 입사한 회사에서 고생이란 고생은 다 하고 있는데 더 혹사시키겠다고?'

첫 단추를 잘못 꿰었다. 통장에 찍히는 돈 대신 더 중요한 가치를 찾겠노라 말했던 건 거짓말이었다. 나는 나를 가식으로 속였다. 나는 돈도 중요한 사람이었다. 투자한 시간을 시급으로 나누며 마음은 옹졸해질 대로 옹졸해져있었다.

내일 교육 때 쓸 장비를 준비해야 하는데, 그대로 주저앉아 멍하니 장비만 바라봤다. 짝이 맞지 않는 오리발을 들고 이리저리 한 피스라고 더 맞추려고 애쓴 게 허망해서 아무것도 하고 싶지 않았다.

처음엔 열정으로 모든 게 가능했지만 좋아하는 일을 해야만 한다는 굳은 결심은 '굳은'이라는 표현이 부끄럽게 금세 눈물이 되었다. 바닥이라고 생각했다. 괜한 오기를 부린 벌이라는 생각도 들었다. 다행이 대표님은 장비를 늘리지 않았지만 렌탈 장비 사건 이후로 좀처럼 일에 집중할 수가 없었다.

나에게 질문을 던졌다.
'진짜 좋아하는 일이 맞긴 할까?'

이 일이면 오랫동안 해낼 수 있을 거라고 여겼다. 그저 바다를 즐기며 노는 게 좋았던 거지, 누군가를 가르치고 영업을 한다는 건 쉽지 않았다. 보이는 게 전부가 아니라는 걸 머리로만 인지하고 있었다. 정작 만난 빙산 아래 보이지 않는 세계들이 바위가 되어 나를 억눌렀다.

'최악의 경험은 이쯤에서 되었다. 세상 쓸모없는 경험을 했구나. 내가 부족한 탓이다.'
빨리 발을 빼는 게 지난날 애쓴 나를 위하는 길이라 여기고 일을 그만두었다. 스쿠버 다이빙은 좋지만 일을 하면서 책임감의 무게가 컸다. 교육이 무서워지기 시작하면서 나아갈 수가 없었다.

더 큰 시장으로 가자. 여행업에 한 번 도전해 봐야겠다. 진짜 욕망인지는 잘 모르겠지만 마음이 이끄는 대로, 한 번 더 좇아 보기로 했다.

'이럴 거면 아르바이트나 할걸'이라는 말이 씨가 되었다. 최저 시급부터 다시 바닥 시작이다. 그래도 조금 단단해진 걸 느낀 다. 웬만한 스트레스가 대수롭지 않았다. 누군가에게 어려운 일이 나에겐 쉬웠다. 지난 날 좋아하는 줄 알았던 건 타자의 욕망이었다.

이 쯤 되면 내가 남들보다 잘하고 좋아하는 일을 찾았다고 생 각할지도 모르겠다. 나조차도 그런 줄 알았으니까. 그러나 '아! 이런 사람을 보고 천직이라고 하는구나!'라는 만남을 겪고 쌓아온 탑이 와르르 무너지는 순간을 겪었다. 그렇지만 누군 가는 나를 보고 "천직이세요!"라고 말한다. 겪지 않으면 알 수 없다.

"욕망 도움 닿기"
나는 그것을 욕망 도움 닿기라고 부르기로 했다. 일련의 과정
덕분에 나를 점점 뾰족하게 만들 수 있게 됐다. 진짜 욕망에
자금 조달을 위해, 어떻게 하면 현재 욕망에 좀 더 도움이 되
는 순간들로 채울 수 있을까를 생각하며 시간을 보낸다.

진정한 욕망을 깨닫는 건 나의 외침을 외면하지 않을 때였다.
바닥이라고 여겼던 시간조차도 욕망에 한층 가까이 가기 위한
과정일 뿐이었다. 그날의 눈물이 내일 빛나는 무지개가 될 수
있다.

행복으로 가는 길 첫 번째.
진짜 욕망 알기.

대체로 행복해, 드문드문 사랑해

잠시 머물렀던 취미 모임이 있었다. 한때 같은 꿈을 꾸었다는 공통분모로 모인 '어른이'들 이었다. 지금도 그 꿈을 향해 가는 친구, 취미로 하는 친구, 추억으로 여기는 친구 등 각양각색이 었다.

여자 멤버 대부분은 엄마가 되어 있었다. 옛날 얘기를 하고 있 노라면 각자 다른 곳에 지냈어도 동시대 사람들은 맞구나 하 며, 꿈을 꾸는 것만으로도 빛나던 지금은 기억이 나지 않는 옛 날이 떠오르기도 했다.

그곳에서 눈에 띄는 친구를 만났다. 나보다 한참 어린 동생이었는데 하는 행동은 오빠 같았다. 눈빛은 빛나고 목소리는 확신이 차 있는 그런 아이였다.

'좋은 직업을 가진 걸까? 집이 좀 사나?'

겉모습만으로는 좀처럼 알 수가 없었던 그의 당시 직업은 백수였다. 에너지 원천이 궁금했다. 백수 시절 내 모습을 회상하면 확연히 다른 모습이었다. 정확한 사정은 알 수 없었지만 보유하고 있던 차를 팔아야 했고, 직장을 쉬게 된 터라 근근이 아르바이트를 하며 생계를 유지하고 있다고 했다. 각양각색의 멤버 중, 현재도 그 꿈을 향해 가는 첫 번째 유형이었다. 3년 안에 목표를 이루겠다고 했다. 하고자 하는 꿈이 있어 노력하고 있을 뿐, 어떠한 행보도 정해진 게 없었다.

그럼에도 불구하고 그의 눈빛은 항상 빛나고 있었다. 무슨 일이라도 생기면 자책하며 어디서부터 잘못된 것인지, 가장 잘못한 게 어느 시점에 나인지 기어코 자신을 단두대에 몰아세워 잘잘못을 심판하는 나와는 달랐다.

평소의 나라면 '그냥 저런 사람도 있나 보다'하고 말았을 텐데, 아니, 굳이 궁금해할 리 없다. 그런데 이상하게도 호기심을 참을 수가 없었다.

'밝음의 원천이 무엇일까? 나도 더 이상 우울함의 터널에서 헤매지 않고 밝아질 수 있을까?'
결혼을 하고는 그나마 있던 불특정 다수와의 인간관계도 대개 정리가 되었겠다 친해지고 싶은 사람이 생겼다는 건 매우 이례적인 일이었다. 나에겐 없는 긍정적인 에너지, 자신을 믿는 마음을 배우고 싶었다.

관심사가 비슷했던 덕분인지 평탄치 못했던 과거를 가지고 있다는 공통분모 덕분인지 친해지는 건 어렵지 않았다. 이런저런 대화를 주고받았다. 곁에서 지켜본 그 친구는 마냥 밝기만 하지 않았다. 평범했다. 오히려 특별하다면 편모 가정에 아픈 엄마를 돌보느라 20대가 사라져 버렸다는 것. 그의 밝기만 한 모습 뒤에도 어둠이 숨어 있었다. 다만 나와 다른 점은 '스스로를 믿고 사랑'한다는 것. 나를 사랑하는 게 어려운 나여서 그가 신기했다.

그러다 우울이 감기처럼 또 찾아온 날이었다.

"넌 어떻게 너를 그렇게 사랑할 수 있어?"
또 도져버린 우울감에 늘 에너지가 넘치는 듯 보이는 그 친구가
질투가 났다. 내세울 것 하나 없는데 어떻게 나를 믿지? 나로선
이해할 수가 없었다. 되돌아온 그 친구의 대답은 의외였다.

"나도 나를 그렇게 세세하게 사랑하지 않아. 드문드문 사랑하
는 거지."

그 말을 들었을 땐 무슨 뜻인지 몰랐다. 가득 사랑하는 것처럼
보이는 그의 눈빛에서 잠시 슬픔이 보인 건 기분 탓이겠지. 시
간이 흐르면서 나에 대해 고민을 하다 보니 그 말이 자연스레
와닿았다. 나를 사랑한다는 건 미칠듯한 애정은 아니었다.

결함이 있는 듯한 모습도 보듬어 주는 마음.
잘한 나를 한껏 칭찬해 주는 마음.
잘 해낼 거라고 믿어주는 마음.
드문드문 비어있는 듯 보이지만
그것이 나를 가득 차게 사랑해 주는 마음.
조금씩 나를 예뻐해 주기로 했다.

행복으로 가는 길 두 번째.

나 사랑하기.

매일 괜찮은 날의 연속

별일 없이 하루하루가 지나간다. '이대로 괜찮은 건가?' 싶을 정도로 잔잔한 나날의 연속이었다.

철마다 괴롭히는 비염이 감기와 혼연일체가 되어 한 달이 지나도록 낫지 않는 건 익숙했다. 이번 감기는 유독 독하다. 나이 탓인가? 아직 나이를 탓하고 싶지는 않다. 살면서 처음, 감기로 앓아눕게 되었다. 다행인 건 마침 이직이 성사되어 일주일간의 달콤한 휴식이 주어진 시기라는 것, 불행인 건 그 달콤함을 이틀 꼬박 침대에 앓아누웠다는 것일뿐.

이틀을 꼬박 누워있었지만 다음날도, 또 그다음 날에도 겨우 침대에서 몸을 일으키는 수준으로 회복에 전념해야 했다. 쉬면서 에너지 충전도 하고, 신나게 놀기는커녕 일주일을 그렇게 집 안에서 억울하게 보냈다.

회복을 위해 나름 노력을 했건만 결국 비염 환자인지 감기 환자인지 모를 영락없는 코흘리개였다. 환자 모습으로 시작된 첫 출근은 누명이라도 쓴 죄인 같았다.

"저 원래 이렇게 아픈 사람 아니거든요~!"
묻는 사람 하나 없었지만 해명하고 싶었다.
그렇지만 이 대사도 나아야 가능한 법.

빨리는커녕 나아질 만하면 아프고, 나아질 만하면 아프고를 반복했다. 겨우내 이어졌다. 겨울 끝자락이 되서야 그녀석과 이별을 했다. 약을 먹어도 낫지 않더라니, 폐도 좀 끼치면서 사는 게 삶이라는 걸 받아들이고서야 조금씩 회복이 시작되었다.

그사이 아파서 몸이 부었나 보다 했다. 반지가 꽉 낀다. 체중계에 오르고서야 살이 쪘다는걸 알았다. 생각해 보면 매일 배달 음식에 배가 불러도 음식물을 입에 넣었으니 당연한 결과였다. 운동할 시간이 없다는 핑계는 이제 그만이라는 마음으로 시작했던 계단 오르기도 언제가 마지막이었는지 기억이 나질 않는다. 건강이 오르락내리락 할 때마다 기분도 오르락내리락 롤러코스터. 돌이켜 보면 아팠던 게 신체만은 아니었던 것 같다.

별일 없는 하루가 행복이란 걸 '별일'을 맞이하고서야 비로소 깨닫는다. 매일 괜찮은 날은 몸과 마음이 건강할 때 유지된다. 밀린 숙제처럼 나를 챙긴다. 그리고 나에게 외친다.

"있을 때 잘해!"

행복으로 가는 길 세 번째.
몸과 마음 건강 챙기기.

원기옥을 갖고 싶다면!

원기옥(元気玉).《드래곤볼》최강 필살기. 자연의 모든 기운을 모아 빵~ 쏘면서 최강 보스를 무찌를 수 있는 비장의 기술. 그 만화를 보아도 그 위력의 크기는 상상이 되질 않지만 필살기 설명에 나와있는 '자연의 모든 기운을 모은다'라는 말은 왠지 모르게 와닿았다.

나만의 필살기가 있을까?
딱히 내세울 만한 필살기가 없었다. 그래도 다행이다. 이제라도 알면 되니까. 어쩌면 당연하다. 겸손이 미덕인 한국인 대부분이 그럴 것이다. 다들 자기는 그런 게 없다고 점잖을 떨며 자신을 낮춘다. 잘하는 게 하나 없는 것 같아도 밥벌이를 하고 있다면 아마도 그것이 필살기일지도 모른다. 비록 필살기라는 단어가 조금은 어색한 또 남과 비교하면 하찮은 잔기술일지도 모르지만 말이다.

그게 정말 필살기가 맞긴 하는지 의심스럽다면 드래곤볼의 오공처럼 그것을 끌어모아 원기옥을 만들 수 있는 진짜 쉬운 방법이 하나 있다. 그것은 바로 '감사'하기.

감사하는 마음은 눈곱만큼도 없었던 지난날. 왜 나는 남들처럼 뭐 한 가지를 꾸준히 하지 못할까 지나온 삶이 원망스러웠다. 하고 싶어 선택한 장면에서조차도 자조 가득한 날이 많았다. 온 우주가 말린 걸 극구 하겠다고 군 못난 내 탓.
후회, 자책, 원망, 외면.

의심 반 오글 반 하루 세 가지 감사함을 찾아 적었다. 처음엔 쥐어짜야 가능했다. 2주쯤 지속을 하다 보면 놀라운 일이 벌어진다. 바로 알 수 없는 자연의 기운이 모이는 게 느껴진다는 것. 한 번쯤 들어봤을 웬 사이비 종교 같은 '끌어당김의 법칙'

을 몸소 체험하게 된다.

처음부터 성체인 생명은 존재하지 않는다. '감사'도 마찬가지
다. 감사함을 쌓아가는 건 집을 짓기 전 기반을 다지는 것과
같다. 꼭 다치거나 불행을 겪어야지만 삶이 감사한 건 아니다.
오늘 나의 마음이 동하는 글을 만나서, 늦잠을 자지 않아서,
비가 오면 비가 와서, 날이 맑으면 날이 맑아서, 하루는 무사
히 보내서 감사한 것이다.

자연의 법칙을 믿는가?
필살기가 갖고 싶은가?

딱 2주만 의심은 접어두고 한 번 '감사'를 실천해 보자.
내 안에 숨겨진 잠재력을 찾을 수 있을 것이다.

행복으로 가는 길 네 번째.
감사하기.

크기가 같아야 앞으로 나아가는 리어카처럼

나는 지구를 공전하는 달과 같았다. 의도한 건 아니었다. 그저 나라는 바퀴 두 개가 크기가 같지 않아 제자리를 돌고 있을 뿐이다. 진작에 출발했지만 떠났던 그곳으로 돌아왔다는 건 주위를 돌아볼 '여유'가 생기고 나서야 깨달았다. 그 나이 때에 마땅히 해야 할 것들을 해내가고 있으니 이만하면 잘 살고 있다 여겼다. 때 되면 오르는 연봉, 익숙해질 대로 익숙해진 일 그리고 안정.

뒤늦게 욕망을 인정하고 나서야 꿈을 되찾았다고 자기 계발에 혈안이 되었다. 늦은 출발이니 빨리 가야만 했다. 흥에 취해

앞만 보고 달렸다. 나에게 열정이란 게 타올랐다. 짝이 맞지 않는 한 쪽 바퀴를 키워 보려 애썼다.

시간이 흘러 이번엔 반대로 맴돌고 있었다. 쌓아온 외면이 부메랑이 되어 발목을 잡히고 나서야 알아차렸다.

'일이냐, 꿈이냐,

그게 무슨 소리냐 그냥 생계지.'

늘 이분법적으로 생각했다. 돈을 벌어 꿈을 샀고, 꿈을 사려 돈을 썼다. 그렇게 꿈 돌려 막기를 하다 보니, 훌쩍 자란 나와 외면으로 결핍된 내가 휘청거리며 늘 불협화음이었다. 앞으로 나아갈 리가 없었다. 제대로 돌보지 못한 탓에 이따금 크기를 키우기만 할 뿐, 여전히 같은 곳을 맴돌았다.

버리고 싶지만 버릴 수 없는 괴로운 장면들, 수많은 시련 앞에서 '이 또한 지나가리라'라고 주문을 외워 보지만 헤쳐 나가기 버거웠다. 정면 돌파 대신 외면을 선택했다.

쉬웠던 선택은 눈덩이처럼 커져서 돌아왔다.

나에겐 꿈이 그랬다. 첫사랑처럼 아련한 녀석이 늘 질척였다.

잊을 만하면 떠오르고 잊을만 하면 떠올랐다. 꾹꾹 누르며 간직하기로 한 꿈이 짝꿍 바퀴만큼 자라지 못한 덕분에 여전히 같은 곳에 있다. 어쩔 수없이 외면해온 꿈을 돌봐주기로 했다. 이분법적 사고는 그만두기로 했다. 일에 꿈을 녹이고 꿈에 생계를 녹여보려 애를 썼다. 휘청휘청 좌우로 헤맬지라도 키우고 가꾼 덕분에 전진을 시작했다.

비로소 어른이 되었나 보다. 일과 꿈 외에도 돌볼 것이 많다. 나뿐만 아니라 나를 둘러싼 것들을 돌보는 것, 모두 돌봐 주어야 진짜 행복이 시작된다.

가보지 않은 길에서 헤매는 게 당연하다. 숙고를 거쳐 똑같은 반복에서 같은 선택을 하지 않듯, 반복이 나를 성장한다.
수많은 저울질에서 우리는 균형을 찾아야 한다.
결국 우리는 나아갈 것이다.

행복으로 가는 길 다섯 번째.
균형 있게 살기.

행복은 종착역이 없어요

'행복해져야만 한다'라는 강박으로 살았었다. 기준은 항상 내
가 아닌 남이었다. 남과 비교하며 내가 가진 행복을 깎아 내렸
다. SNS는 허상 일 뿐 이라고 말하며 그들의 삶을 탐닉했다.
그리고 상대적 박탈감이라는 왕좌에 앉았다.

"비교는 자신만 아는 바닥과 타인이 보여주는 꼭대기와의 대
화다."

아이러니하게도 원망하던 SNS에서 만난 책 한 구절이 위로가

되었다.《김미경의 마흔 수업》에 나오는 문장이었다. 괜찮은 어른이 되고 싶다는 생각에 재작년부터 마흔 신화에 흠뻑 빠져있었다.

마흔. 불혹(不惑). 세상일에 정신이 빼앗겨 판단을 흐리는 일이 없는 나이란다. 20대에서 30대가 되었을 땐 늦었고 늙었고 희망도 없을 것 같은 초조함에 나이 먹는 게 싫었다. 지나고 보니 서른도 애긴데 말이다.

막상 정말 마흔이 되면 어떤 말을 할지 솔직히 알 수 없다. 그렇지만 작년부터 나도 줄곧 그 나이가 된다면 세상에 미혹되지 않으리라는 막연한 확신에 오히려 신이 났다. 그러나 그럴 리 없다는 몇 살 위 언니의 말에, 40대가 되어도 수도 없이 흔들린다는 직장 상사의 말에 실망감을 감출수가 없었다. 막연한 마흔 신화는 발을 담그기도 전에 깨졌다.

100세 시대. 아직 정오도 오지 않은 한창 집중력 좋은 오전 시간대라기엔 슬슬 건강이 최고라는 어른들의 말이 실감이 났다. '너 이젠 젊지 않아.'

몸 여기저기서 더 이상 건강을 미루지 말라 신호를 보낸다.

나의 행복은 보란 듯이 잘 사는 거였다. 멀게만 느꼈던 마흔이
점점 가까워지면서 여전히 보란 듯이 잘 살고 있지 않는 것 같
아 한탄스러웠다. 과연 누구에게 그렇게 '보란 듯이' 잘 사는
모습을 보여주고 싶었던 걸까?
대상 없는 목표는 잡을 수 없는 신기루였다. 곧이어 우울이 차
오르는 날엔 걷잡을 수 없이 차오르는 불안으로 시간을 낭비
했다.

행복은 마음가짐이라고 말했다. 결코 삶의 목적이 될 수 없다.
'행복해져야만 한다'라는 강박은 나를 비교로 몰아넣고 그것은
나를 더욱 불행을 만드는 '마음가짐'일 뿐이었다. 행복은 하루
아침에 '뿅'하고 찾아오는 것도 아니고 도달하면 영원무궁토록
지속이 되는 것도 아니다.

행복은 도착하고서야 끝이 나는 종착지가 아니다.
삶의 여정을 다 하는 날까지,
오늘을 충분히 살아내고, 기억하고, 기록하는 것.

내 감정에 충실 하는 것.

그리고 좀 고리타분한 말.

과정을 즐기는 것.

진정 종착역에 다다랐을 때 행복했다고 말할 수 있게 말이다.

행복으로 가는 길 여섯 번째.

오늘을 살기.

둘 중 하나만 선택해 Happy or happy

"둘 중에 하나만 골라 YES or YES?"라고 말하는 트와이스의 노래가 너무 사랑스러웠다. 벌써 옛날 노래가 되버렸지만. 선택지가 같다면 고민할 필요가 없다. 오직 나만 선택하라는 명확한 질문이 사랑스럽다.

그래, 너에겐 행복할 일 밖에 없어!
둘 중 하나만 선택해 행복 또는 행복!
넌 마땅히 행복할 거야!

하지만 노래 가사와 달리 내 질문에는 주어가 빠져있다.
'나인지 남인지.'

오랜 시간 내 행복이 우선이라고 생각했다. 나를 진정으로 사랑해야 남을 사랑할 수 있듯 행복도 마찬가지라고 생각했다. 그래서 행복해지는 법을 모르는 사람에게 행복해지는 법을 알려주고 싶다는 마음으로 글을 쓰기로 마음을 먹었다. 이것이 진정한 행복이라 여겼다.
정작 '이것이 나에게 진정한 행복을 가져다줄 것인가?'라는 질문에 부딪히고는 글을 쓸 수 없는 깊은 고립감에 빠졌다. '내가 말하고 싶었던 행복의 방향이 너무 일차원적인 것은 아니었던 걸까'하는 깊은 고민에 빠졌다.
'내가 정말 행복을 말해도 되는 사람이긴 할까?'라는 불안감.

부자가 된 사람들은 대게 다음과 같이 말한다. '남을 위해 살 것. 그것이 진정한 행복으로 가는 길이라고. 그러면 부도 따라온다'고. 놀랄 만큼 이기적인 게 인간이거늘 이타적인 삶이라는 게 고리타분한 말이라고 생각했다.

정작 이것이 나에게 진정한 행복을 가져다줄 것인가에 대해 대답을 못 한 거라면 나의 첫 마음에 왜곡이 있었다는 결론을 냈다. 곱씹어 보면 정말 그 마음은 맞긴 한데 순수하지 않았던 거였다.

1%일지라도 이런 작은 이기심에 항복하기로 했다.

'본래 나는 이타적인 사람이 아니다'라고 한껏 정신 교육을 받고 그 감동에 취해 그 말이 내 뜻 인냥, 진리 인냥 쏟아내는 아바타가 될 순 있지만 가짜 연기는 금방 티가 난다. 1%든 작은 이기심은 탄로가 난다. 아직 이 깨달음은 소화 진행 중이다. 그러나 내 첫 마음은 나를 위해 시작했지만 남을 향해 있었다는 그 사실, 시선을 옮겨보았다. 나를 위한 줄 알았는데 사실은 타인의 행복을 선택하긴 했던 것이었다. 그랬더니 비로소 남을 위한 행동을 했을 때의 감동이 하나 둘 떠올랐다.

여전히 나는 모두 깨닫지 못했다. 깨닫지 못한 진리를 글로 남긴다니 웃어도 할 말은 없지만 이 순수한 감정이 훗 날 나를 더 성장케 하리라는 믿음은 확실하다.

아무튼 이론적으로 나는 남을 위해 살아보기로 그 마음에 집
중해 보기로 결정했다.

진정으로 나눌 때 진정한 행복이 찾아온다.

행복으로 가는 길 일곱 번째.
남을 위해 살기.

행복은 내 안에 있어

"행복한가요?"

과거에게 이처럼 묻는다면 1초의 고민도 없이 아니라고 말하는 날이 많았을지도 모르겠다.

날이 좋아 지는 해가 아쉬웠다. 한 잔 기울이기 딱 좋아 직장 동료들과 날을 잡았다. 웃고 떠들고 도란도란 얘기 중에 행복으로 화제가 흘렀다. 어리기만 한 줄 알았던 후배들이 각자 삶의 철학대로 '잘 살고 있구나' 싶어 예뻤다.

행복을 무어라 정의할 수 있을까?

모두 달랐지만 서로의 말에 '맞아, 맞아' 긍정을 연발했다.

좋아하는 사람에게 퍼줄 때 행복했다.

최선을 다할 때 행복했다.

그리고 "행복한가요?" 묻지 않을 때 행복했다.

모두가 다른 매일을 산다. 같은 공간, 같은 상황에서도 모두가 다른 경험을 한다. 같은 음식을 먹고도 "그만하면 괜찮아요" 라는 사람이 있는가 하면 "아주 좋았어요!"라고 말하는 사람도 있다. 또 다른 누군가는 좋았던 순간을 기억하기보다는 불만의 순간을 가득 기억하기도 한다. 경험을 토대로 상황을 해석하는데 모두가 다르니 같은 상황이라는 말도 틀린 말일지도 모르겠다.

혹평이 있던 식당을 좋은 리뷰를 믿어보며 방문했다. 한정식이라는 단어와 어울리지 않는 형편없는 식사였다. 서빙이 늦었던 탓인지 백반과 한정식 차이에 대한 열린 토론 탓인지 접시를 모두 비웠지만 허기를 채우기엔 부족했다. 대차게 실망을 하고서야 '텅 빈 별점 리뷰를 믿을걸' 후회를 했다.

내가 방문한 시간이 문제였을까, 오늘이 바빴던 걸까, 그냥 그런 식당이었을까, 결국 집에 돌아오는 길에 간식으로 배를 채우고 실망감을 털었다. 어쩌면 오늘 내 '마음가짐' 탓이었을지도 모르겠다.

행복은 멀리 있는 게 아니었다. 마음먹기에 달려 있었다. 그 사실을 깨달은 이후 누군가 "행복한가요?"라고 묻는다면 이제는 대체로 행복하다고 말할 수 있다.

그렇다고 매일 행복한 건 아니다. 집값도 떨어지고 주식도 떨어지듯 나에 대한 사랑도 떨어진다. 올라가는 시간이 있으면 반드시 내려가는 시간이 있다.

그리고 예고도 없이 자기혐오 시간이 찾아오기도 한다. 마주한 자기혐오를 끌어안고 '오늘만, 오늘만, 오늘까지만!'을 며칠을 이어갔다. 오늘까지는커녕 점점 더 깊은 자기혐오만 끌어당길 뿐이었다.

마음의 시작점을 찾아 돌봐주기로 했다.
과감히 멈추기보단 서서히 멈춰보기로 했다.

마음에 큰 불이 생기기 전에 여기저기 난 작은 불씨들을 돌봐 주기 말이다. 한두 번 겪는 자기혐오도 아닌데 빠져 나올 때마다 힘에 겨웠다. 어느 날부터 주기적으로 찾아오던 자기혐오가 문을 두드리지 않았다.

천천히 사랑하기로 했다.
삼라만상 많은 것들이 우 상향이듯
나에 대한 사랑도 우 상향 이길.

내 안에 있는 행복을 부디 잊지 않길.
내일은 조금 더 날 사랑할 수 있길.

에필로그

바닥에 죽은 매미를 보고서야 여기저기 울려 퍼지는 매미 소리가 귀에 들려왔다. 그 날 이후 각양각색 매미 소리를 즐겼다. 아침부터 저녁까지 몇 마리나 소리를 내는 걸까. 7년간 땅속 생활을 마치고 나온 매미는 온전히 2주라는 시간을 살다 간걸까. 그 들의 목소리가 점점 사라지는 걸 보니 여름 끝자락이 왔음을 깨달았다.

행복에 대해 곱씹지 않기로 해놓곤, 각인된 그것이 한동안 괴로웠다. 행복하고 싶어서 시작한 일이 더 이상 행복하지 않음을 느끼면서 어떻게 하면 좋은 마무리가 될까 수십 번 고민을 했다. 좋은 이별은 없다. 어설픈 반쪽짜리 나만의 무지개 빛깔이 지금 내가 만난 최선을 빛깔이었노라 이대로 하루를 살아간다. 언제 또 이 빛깔이 바뀔지 지금은 알 수 없다.

생각들이 꼬리물기를 시작해 나약을 건드렸다. 한동안 무료하게 지냈다. 한 번의 계절이 지나 나약과 무료함을 건넜다. 휴대폰 사진첩을 이리저리 뒤져보다가 붉은 하늘을 만났다. 사진이 찍힌 시간을 보고 해질녘임을 알았다. 이내 동트는 하늘과 노을빛 하늘이 닮았다는 생각에 이르렀고 한 장의 사진조차도 서사가 필요하단 생각에 이르렀다. 나약했던 나도 행복했던 나도 웃는 가짜 페르소나로는 누군지 알 수 없는데 알아차려주릴 수도 없이 바랐다는 걸 이제야 알았다.
돌고 돌아 나로 돌아오지만 지금 나는 그때 내가 아니다. 나는 항상 같지만 항상 다르다. 그렇지만 시작과 끝은 같다.

수집했던 날들을 조심스레 들춰본다. 우울한 날은 생각보다 빠르게 휘발된다. 남아있는 건 행복했던 나와, 행복한 나와, 행복해질 나임에 틀림없다.

바쁜 일상에 오늘과 내일이 구분이 없다면.
부디 잠시 멈추어 나를 돌보길.
정답 없는 인생길에서 오늘 행복하길.
젖고 밟혀진 낙엽 같은 이 글이 위안이 되길.

부족한 글이지만 세상에 빛을 보게 해주심을 감사드린다.